EN LETTRES D'ANCRE

SARA MESA

UN AMOUR

roman

Traduit de l'espagnol
par Delphine Valentin

BERNARD GRASSET
PARIS

L'édition originale de cet ouvrage a été publiée en 2020
par Anagrama, sous le titre :

UN AMOR

Ce livre a été publié avec le soutien
d'Acción Cultural Española, AC/E.

AC/E
ACCIÓN CULTURAL
ESPAÑOLA

Photo de la jaquette : © Cabado / Vu'.

ISBN 978-2-246-82465-7

I.

C'est quand la nuit tombe que le poids s'abat sur elle, si lourd qu'elle doit s'asseoir pour reprendre son souffle.

À part le silence, ça ne ressemble pas à ce qu'elle avait imaginé. En réalité, ce n'est pas vraiment du silence. Il y a une rumeur lointaine, comme un bruit de route, alors que la route la plus proche est une départementale, à trois kilomètres de là. On entend aussi les grillons, des aboiements, le klaxon d'une voiture, les cris d'un voisin pressant son troupeau, déjà de retour.

La mer c'était mieux, mais plus cher aussi. Au-dessus de ses moyens.

Et si elle avait tenu un peu plus longtemps, économisé davantage ?

Elle préfère ne pas y penser. Elle ferme les yeux, s'affale lentement sur le canapé, se retrouvant la moitié du corps dans le vide, dans une posture contre nature qui provoquera des crampes si elle ne bouge pas rapidement. Elle s'en rend compte. S'allonge comme elle peut. S'endort.

Mieux vaut ne pas penser, mais les pensées surgissent et se frayent un chemin en elle, s'entassent. Elle voudrait qu'elles ressortent aussi vite qu'elles sont entrées, pourtant elles s'accumulent à l'intérieur, l'une par-dessus l'autre. Cette simple volonté – tenter de les restreindre à un unique aller-retour plutôt que de les laisser s'accumuler – est en soi une pensée trop intense pour son cerveau.

Quand elle aura le chien, ce sera plus facile.

Quand elle aura organisé ses affaires, installé sa table et arrangé le terrain autour de la maison. Quand elle aura arrosé – tout est si sec – et nettoyé – si mal entretenu. Quand il fera plus frais.

Tout ira beaucoup mieux quand il fera plus frais.

Le propriétaire vit à Petacas, une petite commune à quinze minutes en voiture. Il se présente deux heures après le rendez-vous convenu. Nat est en train de balayer le porche quand elle entend le moteur de la Jeep. Elle lève la tête, fronce les sourcils. L'homme s'est garé devant l'entrée, au milieu du chemin, et il s'approche en traînant les pieds. Il fait chaud. Il est midi et il fait déjà une chaleur sèche, implacable.

Il ne s'excuse pas pour le retard. Il sourit en inclinant la tête. Il a des lèvres fines, des yeux enfoncés. Son bleu de travail élimé est constellé de taches de gras. On a du mal à évaluer son âge. Sa décrépitude n'est pas liée au nombre des années, mais à son air las, à sa manière de balancer les bras et de plier les genoux quand il marche. Il s'arrête devant elle, pose ses mains sur les hanches et jette un œil tout autour.

— Alors comme ça, nous y voilà ! Ça a été, cette nuit ?

— Bien. Plus ou moins bien. Trop de moustiques.

— Y a un appareil dans un tiroir de la commode. Un de ces trucs qu'on utilise pour les chasser. Tu l'as pas vu ?

— Si, mais il n'y avait plus de produit.

— Ben désolé, ma p'tite dame.

Il écarte les bras, rit.

— C'est ça, la campagne !

Nat ne lui retourne pas son sourire. Une goutte de sueur glisse sur sa tempe. Elle l'essuie du dos de la main et trouve dans ce geste la force nécessaire pour attaquer.

— La fenêtre de la chambre ne ferme pas bien et le robinet de la baignoire fuit. Sans parler de la saleté partout. C'est bien pire que dans mon souvenir.

Le sourire du propriétaire se fige, disparaît progressivement de son visage. Au moment de répondre, sa mâchoire se contracte. Nat devine que c'est un homme irascible et elle a envie de faire machine arrière. Les bras croisés sur sa poitrine, l'homme fait valoir qu'elle avait parfaitement vu l'état de la maison et que si elle n'avait pas remarqué tous les détails, c'était sa faute à elle, pas la sienne. Il lui rappelle qu'il a baissé le prix, deux fois. Il lui dit, pour finir, qu'il se chargera lui-même de toutes les réparations nécessaires. Nat ne pense pas que ce soit une bonne idée, mais elle ne conteste pas. Elle acquiesce et essuie une autre goutte de sueur.

— Il fait très chaud.

— Ça va être ma faute aussi ?

L'homme se retourne, appelle le chien qui était resté près de la Jeep, à gratter la terre.

— Qu'est-ce que t'en dis ?

Depuis leur arrivée, le chien n'a pas levé la tête. Il renifle nerveusement le sol, suivant une piste comme un limier. C'est un bâtard plus ou moins gris, haut sur pattes, avec un long museau et le poil rêche. Il a une légère érection.

— Alors, il te plaît, oui ou non ?

Nat bredouille.

— Je sais pas. C'est un gentil chien ?

— Bien sûr que c'est un gentil chien. Il va pas gagner un concours de beauté, on va pas se mentir, mais tu t'en fiches, non ? C'est pas ce que tu m'as dit, que tu t'en fichais ? Il a pas de puces ni rien. Il est jeune, en bonne santé. Il mange pas grand-chose, t'as même pas à t'en inquiéter. Il grappille par-ci par-là. Il se débrouille.

— D'accord, dit Nat.

Ils entrent dans la maison, vérifient le contrat, le signent – elle, d'un gribouillage hâtif ; lui, avec cérémonie, appuyant fort le stylo sur le papier. Le propriétaire n'a apporté qu'un exemplaire, qu'il conserve en lui assurant qu'il lui fera parvenir le sien dès que possible. Nat se dit que peu importe, ce contrat n'a de toute façon aucune valeur, même le prix indiqué n'est pas celui qu'elle paiera réellement. Elle ne revient pas sur le problème de la fenêtre et du robinet dans la salle de bains. Lui non plus. Il lui tend la main d'un geste théâtral, la fixe en plissant les yeux.

— C'est toujours mieux de bien s'entendre, conclut-il.

Quand il monte dans sa Jeep et démarre, le chien ne réagit pas. Il reste devant la maison, toujours à flairer le moindre recoin de cette terre aride. Nat l'appelle à coups de tssit et de sifflets, mais il ne manifeste aucune envie de s'approcher.

Le propriétaire ne lui a même pas dit son nom. Si tant est qu'il en ait un.

Si elle devait expliquer pourquoi elle est là, elle aurait bien du mal à formuler une réponse convaincante. Alors, quand l'occasion se présente, elle se contente de raisons vagues, évoque une envie de changer d'air.

— Tout le monde doit penser que t'es folle, non ?

La fille de la supérette mâchonne un chewing-gum tandis qu'elle empile ses achats sur le comptoir. C'est le seul magasin à plusieurs kilomètres à la ronde, un local sans enseigne où sont entassés, pêle-mêle, produits alimentaires et articles de pharmacie. Faire ses courses ici coûte cher et le choix est limité, mais Nat est encore réticente à faire le trajet jusqu'à Petacas en voiture. Elle fouille dans son porte-monnaie et compte les billets dont elle a besoin.

La fille a envie de discuter. Elle interroge Nat sur sa vie avec désinvolture, la mettant mal à l'aise. Si seulement elle pouvait faire pareil mais dans l'autre sens, dit-elle. S'en aller à Cardenas, là où tout peut arriver.

— Vivre ici, c'est la poisse. Y a même pas de mecs !

Elle lui raconte qu'avant elle allait au lycée de Petacas, mais qu'elle a laissé tomber. Elle n'aime pas les études, elle est nulle dans toutes les matières. Maintenant, elle file un coup de main au magasin. Sa mère souffre de migraines chroniques et son père travaille aux champs, alors ça tombe plutôt bien que quelqu'un prenne le relais. Mais dès qu'elle aura dix-huit ans, elle se tirera de là. Elle pourrait être caissière à Cardenas, ou s'occuper d'enfants. Elle s'entend bien avec les enfants. Enfin, avec les rares gosses qu'on voit à La Escapa, ajoute-t-elle en souriant.

Puis elle répète : Ce bled, c'est la poisse.

C'est elle qui décrit à Nat les gens qui habitent les maisons et les fermes des environs. Elle parle de la famille de gitans occupant une vieille propriété en ruine, juste au bout de la route. Un bus récupère les enfants le matin pour les emmener au collège ; ce sont les seuls gosses qui vivent ici toute l'année. Il y a aussi le couple de vieux dans la maisonnette jaune. Elle, c'est une espèce de sorcière, assure la fille, elle est capable de prédire l'avenir et de lire dans les esprits.

— Ça fout la trouille parce qu'elle est un peu timbrée, dit-elle en riant.

Elle lui parle du hippie de la maison en bois, d'un autre qu'on surnomme l'Allemand mais qui ne l'est pas, du bar du Gros – même si, elle avoue, c'est un peu abuser d'appeler « bar » le hangar où il sert ses canettes. Il y en a d'autres encore qui vont et viennent au rythme du calendrier des récoltes, des journaliers embauchés pour la quinzaine ou au jour le jour, mais aussi des familles entières qui vivent ailleurs la moitié de l'année et ont hérité de maisons qu'elles n'arrivent pas à vendre. Mais des femmes seules, on n'en voit jamais. Pas de l'âge de Nat, en tout cas, précise-t-elle.

— Les vieilles, ça compte pas.

Les premiers temps, Nat s'emmêle les pinceaux et mélange toutes ces informations, en partie parce qu'elle écoute d'une oreille distraite, en partie parce que le nouveau territoire où elle évolue lui est encore inconnu. Les limites de La Escapa sont floues et, s'il existe un groupe de maisons plus ou moins compact – juste là où elle se trouve –, d'autres constructions sont dispersées un peu plus loin, certaines occupées, d'autres non. De l'extérieur, Nat ne peut discerner s'il s'agit d'habitations ou de granges, si elles abritent des personnes ou seulement du bétail. Elle s'égare sur les chemins en terre, et s'il n'y avait le repère du magasin, qui lui semble parfois même plus familier que la maison qu'elle a louée et où elle dort depuis déjà une semaine, elle se sentirait perdue. Les environs ne sont pas vraiment beaux, quoique, à la tombée du jour, quand les contours s'estompent et que la lumière prend des reflets dorés, elle décèle une certaine grâce à laquelle se raccrocher.

Nat attrape ses sacs et prend congé de la fille, mais avant de sortir, elle se retourne et la questionne sur le propriétaire. Est-ce qu'elle le connaît ? La fille serre les lèvres, tourne lentement la tête d'un côté à l'autre. Non, pas tellement, dit-elle. Il vit à Petacas depuis très longtemps.

— Quand j'étais petite, oui, je me rappelle l'avoir vu dans le coin. Il était toujours entouré de chiens et il avait super mauvais caractère. Après il s'est marié, ou il s'est mis avec quelqu'un, et il est parti. J'imagine que sa femme voulait pas vivre à La Escapa, et je la comprends. C'est encore pire pour une nana, ici. Enfin, faut pas croire, Petacas c'est pas le paradis. Je voudrais pas y vivre non plus, merci bien.

Elle lance au chien la vieille balle qu'elle a trouvée dans un tas de bois, pour jouer, mais au lieu de l'attraper et de la lui ramener, il s'éloigne en boitillant. Quand elle s'accroupit à côté de lui, se mettant à sa hauteur pour ne pas l'effrayer, il se sauve la queue entre les jambes. À cause de cette attitude agaçante, elle se met à l'appeler Chienlit, parce qu'il faut bien lui trouver un nom. Chienlit n'est pas seulement farouche, il est aussi énigmatique. Il rôde dans les parages, mais c'est exactement comme s'il n'était pas là. Pourquoi devrait-elle s'en accommoder ? Même le roquet du magasin, un dérivé de chihuahua extrêmement nerveux, est bien plus sympathique que lui. Tous les chiens qu'elle croise sur les routes – et ils sont nombreux – courent vers elle quand elle les appelle. La plupart en quête de nourriture, bien sûr, mais aussi de caresses ; ils sont curieux et fouineurs, ils ont besoin de savoir qui est la nouvelle voisine qui vient d'arriver. Chienlit ne semble même pas intéressé par la nourriture. Si elle lui donne à manger, c'est bien, mais si elle ne lui donne rien, c'est bien aussi. Sur ce point, le propriétaire ne lui a pas menti : il ne coûte pas cher en entretien. Par moments, Nat a honte de sentir qu'elle rejette cet animal. C'est elle qui a demandé un chien, alors voilà, elle l'a. Elle ne peut – et ne doit – pas dire – ni même penser – qu'elle ne l'aime pas.

Un matin, elle croise le hippie au magasin. C'est comme ça que l'a nommé la fille, qui les sert tous les deux sans la moindre hâte, en fumant tranquillement une cigarette. Le hippie est un peu plus âgé que Nat, mais il ne doit pas dépasser la quarantaine. Grand et baraqué, il a la peau tannée par le soleil, des mains épaisses et craquelées, et un regard à la fois doux et déterminé. Il porte des cheveux longs coupés n'importe comment, et sa barbe tire sur le roux. Pour quelle raison la fille l'appelle *hippie*, c'est un point qui reste flou pour Nat. Peut-être à cause des cheveux longs ou parce que lui non plus n'est pas d'ici, il vient de la ville, choix incompréhensible pour une fille qui vit à La Escapa depuis toute petite et ne pense qu'à s'en échapper. De toute évidence, le hippie s'est établi ici il y a très longtemps. Il n'a donc rien d'une nouveauté, contrairement à Nat qui en est une aux yeux de tous. Elle l'observe du coin de l'œil, ses mouvements secs et assurés, efficaces. Tandis qu'elle attend son tour à la caisse, elle caresse le dos de la chienne qui accompagne l'homme. C'est une femelle labrador marron, âgée mais d'une indéniable élégance. La chienne remue la queue et lui glisse le museau dans l'entrejambe. Ils rient tous les trois.

— Elle a vraiment une bonne tête, dit Nat.

Le hippie acquiesce et lui tend la main. Puis il change d'avis, retire la main et s'approche pour l'embrasser. Une seule bise sur la joue, du coup Nat se retrouve la tête penchée, dans l'attente de l'autre bise qui ne vient pas. Il lui dit son nom : Piter. Ça s'écrit avec un *i*, précise-t-il : *pé-i-té-ère.* En tout cas, c'est comme ça qu'il aime l'orthographier, sauf lorsqu'il est obligé de le faire de manière officielle. Moins on a besoin d'écrire son véritable nom, mieux on se porte, plaisante-t-il. C'est juste bon pour signer à la banque, chez ces voleurs.

Elle se présente à son tour : Natalia.

Puis suit la question de rigueur : que fait-elle à La Escapa. Il l'a vue se promener sur les chemins et il l'a aussi vue nettoyer le terrain autour de la maison. Va-t-elle vivre ici ? Seule ? Nat s'inquiète. Elle préférerait que personne ne la regarde quand elle travaille, surtout si elle ne s'en rend pas compte, mais c'est impossible car le terrain est uniquement délimité par un fin grillage, sans végétation protectrice. Elle lui dit qu'elle ne va rester que quelques mois.

— J'ai vu le chien aussi. C'est pas toi qui l'as amené, pas vrai ?

— Comment tu le sais ?

Piter avoue qu'il connaît bien l'animal. C'est un des nombreux chiens du propriétaire. Et sûrement le pire, en réalité. Il les récupère n'importe où, ne les éduque pas, ne les fait pas vacciner, n'en prend absolument aucun soin. Il les utilise et puis il les abandonne. C'est elle qui lui a demandé un chien ? Qu'elle ne se fasse aucune illusion, il lui a refilé le plus nul d'entre tous.

Il lui suggère de le rendre et Nat reste songeuse. Elle n'a aucune raison de se forcer si ce n'est pas ce qu'elle souhaite. Il lui explique que le propriétaire n'est pas un type bien, qu'elle ferait mieux de garder ses distances. Il n'aime pas critiquer, insiste-t-il, mais le propriétaire, c'est une autre affaire. Toujours à manigancer le meilleur moyen de rouler les gens.

— Je peux te trouver un chien, moi, si tu veux.

Nat ressort troublée de cette conversation. Assise sur le seuil de sa maison, une canette de bière tiédasse dans la main – le réfrigérateur non plus ne fonctionne pas comme il devrait –, elle regarde Chienlit dormir en plein soleil, allongé contre la clôture. Les mouches se posent sur son ventre légèrement gonflé, où l'on distingue les cicatrices d'anciennes blessures.

À l'idée de le rendre, elle ressent un profond malaise.

La maison est une construction basse, de plain-pied, avec des fenêtres quasi au ras du sol et une chambre munie de deux matelas de quatre-vingt-dix. Nat aimerait que le propriétaire en enlève un, qui ne lui servira à rien, afin d'installer à la place un bureau – une simple planche sur des tréteaux lui suffirait. Elle prévoit de l'appeler mais les jours filent sans qu'elle se décide. Elle lui demandera ou y fera allusion la prochaine fois qu'elle le verra – il faudra bien qu'elle le voie un jour ou l'autre –, et d'ici là, elle se débrouillera sans bureau. Pour le moment, elle se contente de la seule table à sa disposition, en la rapprochant d'une fenêtre, car, même en plein jour, l'intérieur de la maison est sombre et humide. La cuisine – guère plus qu'un réchaud et un plan de travail – est tellement coincée dans un angle que, même pour se faire un simple café, on est obligé d'allumer la lumière. À l'extérieur, c'est l'inverse. Le soleil cogne fort dès le matin, et travailler dehors, même aux premières heures du jour, l'épuise. Elle tente de creuser des sillons pour planter des poivrons, des tomates, des carottes, tout ce qui peut pousser vite et bien. Elle a lu comment s'y prendre, elle a même regardé des vidéos qui expliquent le processus étape par étape, mais après, sur le terrain, elle est incapable de mettre la moindre instruction en pratique. Elle va devoir ravaler sa honte et demander conseil. Peut-être à Piter.

L'après-midi, elle s'attelle à sa traduction pendant une heure ou deux. Elle n'arrive jamais à se concentrer suffisamment. Peut-être a-t-elle besoin d'une période d'adaptation, se dit-elle, mieux vaut ne pas s'obstiner pour le moment. Pour se changer les idées, elle se promène dans les environs. Elle a beau l'appeler, Chienlit refuse de l'accompagner, alors elle y va seule, avec de la musique dans ses écouteurs. Quand elle voit quelqu'un s'approcher, elle se force à accélérer le pas, voire à trottiner. Elle préfère passer inaperçue, ne pas se retrouver contrainte de se présenter ni de discuter, même si cela l'oblige à feindre une séance de sport.

Le paysage frappé par la sécheresse est parsemé d'oliviers, de chênes-lièges et de chênes verts. Les cistes à gomme, poisseux et humides, offrent les rares fleurs qui viennent égayer la terre. Seule la silhouette du Glauco, une petite montagne d'arbustes et de buissons qu'on dirait dessinée au fusain sur le ciel nu, vient rompre la monotonie du paysage. On prétend qu'il y a encore des sangliers et des renards sur le Glauco, bien que les chasseurs qui le gravissent n'en reviennent qu'avec des chapelets de perdrix et des lapins ficelés à la ceinture. Elle est sinistre cette montagne, pense Nat, puis elle tente immédiatement de chasser cette pensée. Pourquoi sinistre ? Glauco est un vilain nom, c'est sûr ; elle suppose qu'il lui vient de sa couleur terreuse et blême. Elle associe le mot *glauque* à un œil malade, souffrant de conjonctivite, ou aux yeux des vieux, vitreux et rougis, comme embués. Elle se rend bien compte qu'elle se laisse contaminer par la signification de *glaucome*. Le hasard fait que le mot *glauque* apparaît dans le livre qu'elle essaie de traduire, attribué au personnage principal, le père redoutable qui, à un moment donné, invective fort cruellement l'un de ses enfants, tout en plantant sur lui, précise le texte, son regard *glauque*. Au début, Nat avait pensé à une pathologie oculaire, puis elle avait compris qu'un regard glauque est simplement un regard vide, inexpressif, le genre de regard où la pupille reste morte, presque opaque. Quel est donc le sens précis ? *Vert clair, verdâtre, maladif, flou, fuyant* ? Elle devra orienter la suite du paragraphe en fonction du mot qu'elle choisit. Opter pour une traduction littérale, sans comprendre l'esprit authentique de la phrase, cela reviendrait à tricher.

En dépit des promenades et du travail physique, elle passe de mauvaises nuits. Elle n'ose pas ouvrir les fenêtres. Pas seulement à cause des moustiques, qui la dévorent malgré les multiples produits qu'elle a achetés. Les premiers jours, elle a eu en plus la visite d'araignées, de salamandres et même d'une scolopendre qu'elle a découverte avec horreur au fond d'une chaussure. Un autre matin, ayant laissé de la nourriture hors du frigo, elle a retrouvé la cuisine infestée de fourmis. La journée, ce sont les mouches qui la harcèlent, aussi bien dans la maison qu'à l'extérieur. Existe-t-il une solution à ce problème ? se demande-t-elle. Ou alors, comme dirait le propriétaire, c'est ça la campagne ? Elle a beau nettoyer, tout s'encrasse. Elle passe son temps à balayer, mais la poussière s'introduit par la moindre fente et s'accumule dans les coins. Si au moins elle avait un ventilateur pour dormir, pense-t-elle, elle pourrait fermer les fenêtres et tout serait plus agréable, parce qu'elle se lèverait reposée et pleine d'énergie pour nettoyer, traduire et travailler au potager – ou plutôt au projet de potager. Mais elle n'envisage même pas de le réclamer au propriétaire.

Elle décide d'aller en acheter un à Petacas. Elle pourrait en profiter au passage pour se procurer quelques outils, pense-t-elle. Une pioche, des seaux, une pelle, un sécateur, un tamis et d'autres trucs encore, à condition d'être capable d'identifier les noms exacts de ce qu'elle cherche.

Elle n'y connaît rien non plus en outillage.

Petacas la surprend par son agitation. Elle perd du temps à trouver un endroit où se garer ; l'aménagement des rues est si chaotique et le système de signalisation si contradictoire qu'une fois qu'on entre dans l'agglomération, on se retrouve facilement de nouveau à l'extérieur en suivant une déviation inattendue. Les maisons sont modestes, avec leurs façades décrépites aux rares ornements, mais il y a aussi des immeubles en brique hauts parfois de six étages, éparpillés çà et là, de manière arbitraire. Les commerces sont regroupés aux abords de la place centrale ; la mairie – un bâtiment tape-à-l'œil, muni d'immenses marquises et de vitraux – est entourée de bistrots et de bazars chinois. Nat achète un petit ventilateur dans l'un de ces bazars ; elle erre ensuite à la recherche d'une quincaillerie, sans se décider à demander de l'aide à un passant. Elle est frappée par l'allure négligée des femmes, qui se promènent mal coiffées et en tongs. Beaucoup d'hommes, y compris les vieux, portent des tee-shirts sans manches. Il y a peu d'enfants, et les rares qu'elle voit sont livrés à eux-mêmes, suçant des glaces à l'eau, courant dans tous les sens, se roulant par terre sans surveillance. Femmes, hommes et enfants, tous bruyants et turbulents, se ressemblent étrangement les uns les autres. Conséquence de l'endogamie, se dit Nat, et elle songe que son propriétaire est parfaitement à sa place dans cet environnement.

Elle s'inquiète à l'idée de le croiser, néanmoins ce n'est pas lui mais Piter qu'elle rencontre à la quincaillerie. Elle se réjouit de le voir : quelqu'un de connu, quelqu'un d'aimable, enfin, qui lui sourit en s'approchant d'elle, qu'est-ce que tu fais là, lui demande-t-il. Nat montre le ventilateur dans sa boîte et il fronce les sourcils. Il s'étonne qu'elle n'ait pas sollicité le propriétaire. Maintenir des conditions de vie acceptables dans le logement fait partie de ses obligations. Elle ne va pas exiger l'air conditionné, d'accord, mais au moins un ventilateur.

— Tu aurais aussi pu me demander, à moi. Entre voisins, on est là pour s'aider.

Nat tente de s'excuser. Ça lui faisait plaisir d'en acheter un, dit-elle. Elle l'emportera quand elle quittera La Escapa. Il lui lance un regard de travers, lui signifiant qu'il n'en croit rien.

— Et tu es venue acheter quoi, ici ? Des outils pour réparer tous les trucs hors service qu'il t'a laissés ?

Nat secoue la tête.

— Non. Des choses pour le jardin.

— Tu veux faire un potager ?

— Oui, enfin, rien de bien sophistiqué… J'ai cru comprendre que les poivrons et les aubergines poussent bien. Je voudrais au moins tenter le coup.

Piter la prend par le bras, se rapproche d'elle.

— N'achète rien, murmure-t-il.

Il lui explique qu'il peut lui prêter les outils dont elle a besoin. Il lui explique aussi qu'il vaudrait quand même mieux oublier cette idée de potager. Il y a des années que sa parcelle n'a plus été cultivée ; la terre est complètement stérile ; il faudrait des jours et des jours de travail acharné pour la préparer, et dépenser une petite fortune en fertilisant et en engrais. Si elle s'obstine malgré tout – Nat s'arrête sur le choix du verbe, *s'obstiner* –, il pourra lui filer un coup de main, mais vraiment, il le lui déconseille. Bien qu'il parle avec douceur, il y a dans le ton de Piter une assurance incontestable, l'assurance de l'expert. Nat acquiesce et attend qu'il ait fini ses achats. Câbles, adaptateurs, vis, diverses pinces : du matériel de professionnel, très spécifique, rien à voir avec le flou dans lequel elle évolue.

Dans la rue, à ses côtés, Piter marche d'un pas sportif, le corps très droit mais souple. Sa façon de se déplacer est si élégante, si différente des gens autour d'eux, qu'être en sa compagnie la remplit de fierté, ce genre de fierté associé au sentiment de légitimité. Le charme se brise quand il lui montre les vitraux de la mairie.

— Ils sont beaux, hein ? C'est moi qui les ai fabriqués.

Nat trouve qu'ils sont en totale disharmonie avec le bâtiment de brique apparente, ce qui ne l'empêche pas d'affirmer exactement le contraire : à quel point ils sont parfaitement adaptés. Piter la regarde d'un air satisfait. Exactement, dit-il, c'est ce qu'il cherche dans son travail, l'adéquation avec le contexte.

— Petacas n'est pas le plus bel endroit au monde mais, à sa mesure, chacun doit contribuer à embellir son environnement, tu ne crois pas ?

— Donc, tu es… ?

Nat ne connaît pas le terme exact pour désigner un fabricant de vitraux.

— Vitrier ? Oui, enfin, un peu plus que vitrier. On pourrait dire que je suis un artisan du verre et de la couleur. Enfin bon, disons que je ne me contente pas de poser des fenêtres.

— Bien sûr, acquiesce-t-elle en souriant.

Ils boivent une bière dans l'un des bistrots de la place. La bière est fraîche, elle fait du bien à Nat. Piter l'observe attentivement – trop attentivement, pense-t-elle –, mais ses yeux sont doux, ce qui atténue la gêne. La conversation revient sur le propriétaire – ce malotru, insiste-t-il –, sur les outils et le terrain inutilisable. Il répète qu'il lui prêtera le matériel nécessaire. Il suffit de nettoyer à fond la parcelle, de bien la déblayer pour installer une petite table et des chaises longues, et puis de planter des lauriers-roses et des yuccas, ou des plantes grasses capables de supporter la rudesse du climat. Près de Petacas, il y a une immense pépinière pas trop chère, ils pourraient s'y rendre ensemble un jour, si elle veut. Le projet de potager semble déjà totalement écarté. Nat n'ose même plus en reparler.

Les jours suivants, elle les consacre à la partie extérieure de la maison. Elle se lève tôt pour éviter la chaleur, mais elle n'arrête pas de suer et la sensation de crasse la poursuit toute la journée. Elle récure à fond le porche, elle gratte, ponce, vernit le plancher et les traverses de la pergola, élague toutes les branches mortes qui tombent pêle-mêle, arrache les mauvaises herbes, remplit des sacs et des sacs de cochonneries – papiers, feuilles sèches, bouts de ferraille et de plastique, canettes vides, encore des branches mortes. Le résultat est un espace plus ou moins large de terre lézardée. Si la maison lui appartenait, pense-t-elle, elle planterait du gazon ou de l'herbe, et peut-être les lauriers-roses que lui a conseillés Piter en guise de haie naturelle pour se protéger des regards gênants, mais ce serait absurde, elle n'est pas propriétaire, elle ne va pas faire tous ces efforts pour rien.

Un matin, la gitane qui vit aux abords du village se présente et lui demande si elle veut des pots.

— J'en ai une *tripotée*, lui dit-elle.

Elle lui en vend tout un tas pour trois fois rien. Ils sont tous vieux, mais Nat ne craint pas les écaillures sur les pots en céramique ni la moisissure sur les terres cuites. Il y a aussi deux énormes vases dont elle se dit qu'ils seront magnifiques, une fois récurés. Vu leur poids, le mari de la gitane l'aide à les porter jusqu'à la maison, accompagné par deux de ses trois fils. Nat aime bien cette famille. Ils sont pleins de vie et de bonne humeur, pas du genre à se plaindre du matin au soir, contrairement à la fille du magasin. Les enfants caressent Chienlit et, pour la première fois, elle le voit remuer la queue et tourner sur lui-même, mû par l'instinct du jeu.

— T'as plus qu'à ramasser quelques pousses par-ci par-là, et t'as un jardin tout prêt en un rien de temps, dit le gitan en s'en allant. Pas besoin de pépinière ni rien.

Il a raison. Nat récupère des plantes dans les propriétés voisines, pour la plupart inhabitées, des branches qui dépassent des haies le long des terrains et dont la perte ne posera aucun problème aux propriétaires. Cependant, quand Piter découvre ce qu'elle a fait, il se montre contrarié. Pourquoi donc s'y prendre ainsi ? Ne lui avait-il pas dit qu'il y avait une pépinière pas loin, vraiment bon marché ? Lui aussi, il aurait pu lui donner plein de boutures et même des plantes entières. D'ailleurs, il lui offre un robuste cactus sur lequel bourgeonnent déjà de petites fleurs fuchsia. Nat l'installe à côté de la porte, à contrecœur. C'est un cactus spectaculaire, qui attire toute l'attention sur lui par sa simple présence.

Le changement est indéniable. Les boutures prennent bien, elles grandissent de jour en jour. Roberta, la vieille dame de la maison jaune, vient voir ça de près et la félicite avec enthousiasme. Nat se sent immédiatement attirée par elle. Pourquoi la fille du magasin l'a-t-elle traitée de sorcière ? Ce qui caractérise cette femme, c'est plutôt sa douceur. Elle a dû être assez jolie, jeune. On devine un vestige de cette beauté dans les traits délicats du nez et de la bouche, mais plus encore, ce sont ses yeux sombres, pénétrants et chaleureux qui captivent. Ses cheveux fins et très blancs se répandent comme une brume légère autour de sa tête. La femme ne tarit pas d'éloges, admirant le travail de Nat. Elle lui dit que tout a bien changé depuis son arrivée, et que les changements – quels qu'ils soient – sont toujours bienvenus.

— Eau stagnante n'est plus potable, ajoute-t-elle avec un clin d'œil.

Nat comprend alors que cette dame croit qu'elle a acheté la maison. Personne de sain d'esprit, se dit-elle, ne se lancerait dans un tel chantier pour une bicoque en location.

Même une vieille folle est capable de s'en rendre compte.

Les mots qui s'imposent à elle ont été écrits en amont par quelqu'un d'autre, soigneusement choisis, sélectionnés entre tous les possibles, ordonnés d'une manière unique parmi l'infinité de combinaisons rejetées. Si elle souhaite bien faire son travail – et elle le souhaite –, elle doit prendre en compte chacune de ces sélections. Mais envisager les choses ainsi mène droit à l'épuisement et à la paralysie. En égrenant le langage avec un tel niveau de conscience, elle le dépouille de son sens. Chaque mot devient un ennemi et traduire prend des airs de combat en duel avec une version antérieure, et supérieure, de son texte. Elle avance à un rythme si lent qu'elle se décourage. Est-ce la chaleur, la solitude, le manque de confiance en soi, la peur de l'échec ? Ou alors tout simplement – et il faudrait alors l'admettre – son incompétence, sa maladresse ?

En ce qui concerne Chienlit, les choses n'avancent pas non plus comme elle l'espérait. Le chien refuse d'entrer dans la maison, il va et vient à sa guise, sans respecter les règles. De toute évidence, suite à quelque traumatisme, il se méfie des espaces clos ; ce que Nat ne comprend pas, c'est pourquoi il continue à se méfier d'elle, après toutes ces journées en sa compagnie. Elle se rappelle ce moment où elle l'a vu jouer avec les enfants des gitans et elle essaie de le caresser de la même manière qu'eux – derrière les oreilles, sur les flancs –, mais le chien reste sur la défensive puis prend la fuite, visiblement mal à l'aise.

Ces derniers temps, vers deux ou trois heures du matin, un concert d'aboiements et de hurlements se répand sur plusieurs kilomètres à la ronde, comme si d'un coup tous les chiens de La Escapa devenaient fous, se défiant les uns les autres. Nat se demande d'où sortent ces chiens animés d'une telle agressivité et d'une telle détresse. On dirait que ce ne sont pas les mêmes qu'elle voit la journée, assoupis ou furetant tranquillement sur les chemins. Et si ce sont eux, à quoi est due cette transformation nocturne ? Pourquoi des chiens paisibles deviennent-ils féroces tous en même temps ? Et si Chienlit se métamorphosait aussi, si jamais il répondait à la provocation et que ça tournait mal pour lui ? De peur qu'il ne s'échappe, elle décide de l'attacher à un piquet. Sa peur est probablement excessive, hors de propos – c'est ce qu'elle se dit le matin, au réveil –, mais elle revient tous les soirs, bien réelle, incontestable.

Garder Chienlit attaché ne faisait pas partie de ses projets, mais c'est la seule idée qui lui vient à l'esprit pour le surveiller. Avant, quand elle voyait un chien attaché dans un jardin, elle trouvait ça cruel et fustigeait ses propriétaires. Maintenant c'est elle qui agit de la sorte, et sans doute pour les mêmes raisons. Elle se justifie en se promettant que la mesure restera transitoire : elle lui rendra sa liberté dès qu'elle aura établi un lien fort avec lui, et il finira même par dormir à l'intérieur de la maison, à côté d'elle, pour lui tenir compagnie.

Pour Piter cependant, il n'y a aucune chance que Chienlit puisse changer. Il lui jette un coup d'œil chaque fois qu'il passe saluer Nat, et répète que ses efforts n'en valent pas la peine : l'animal, assure-t-il, est foutu. Il insiste sur le fait qu'elle doit le rendre. Plus elle laisse le temps filer, plus ce sera difficile. Est-ce qu'un jour elle va enfin se décider à suivre ses conseils ? Nat pense que, contredisant son image paisible et même le surnom qu'on lui a attribué, Piter cherche systématiquement le conflit, du moins avec le propriétaire, la montant contre lui. Il ne s'agit pas seulement de l'histoire du ventilateur – qu'il lui ressort régulièrement –, mais aussi des défauts de la maison, et surtout du chien. Si le propriétaire est une si mauvaise personne, se dit Nat, que peut-on exiger de Chienlit, qui a vécu avec lui et a dû subir tout un tas de malheurs sous son autorité. Piter lui-même lui a rapporté la manière dont se comporte le propriétaire avec ses animaux : il les utilise puis les abandonne. S'il a eu Chienlit quand il était chiot, c'est ce genre d'attitude que le chien attend des hommes.

Nat a la possibilité de modifier ça, de renverser la situation, et le simple fait que cette possibilité existe, qu'elle soit entre ses mains, suffit à ne pas capituler.

Un matin, elle le met dans la voiture pour l'emmener chez le vétérinaire de Petacas. Elle prend la décision sur un coup de tête, mais l'opération se révèle plus compliquée qu'elle ne l'avait cru. Chienlit refuse de monter dans le véhicule, il tourne en rond et la regarde de travers, méfiant. Elle parvient finalement à le duper en utilisant un morceau de lard comme appât et en le poussant dans l'habitacle dès qu'il relâche sa vigilance. Elle lui parle tout bas pour l'apaiser, l'installe à l'arrière, sur une couverture. Chienlit est raide sur ses pattes, avec un air de panique dans les yeux. Il gémit doucement, mais demeure étrangement immobile. Pendant le trajet, Nat le surveille à travers le rétroviseur. Elle le voit la gueule ouverte, haletant, tête basse, pattes rigides, poil du dos hérissé, et le bout de lard à côté de lui, intact. L'animal ressent de la peur, elle de la pitié, et surtout une furieuse envie d'en finir au plus vite.

La clinique vétérinaire se trouve à l'extérieur du village, dans une petite impasse. Le local est vide. Personne n'attend son tour, et d'ailleurs il n'y a pas de salle d'attente. Le vétérinaire, qui n'est clairement pas du coin, la reçoit d'un air las, comme s'il avait été dérangé ou interrompu au milieu d'une tâche bien plus importante. Tout en enfilant des gants en plastique, il lui demande le nom du chien. Chienlit, répond-elle, honteuse. Quand il hausse les sourcils, elle se hâte d'expliquer que c'est affectueux, comme une sorte de blague, et qu'elle le changera plus tard.

— Les animaux ne comprennent pas l'ironie, dit-il. Et c'est pas bien, de leur donner de nouveaux noms sans arrêt.

Son diagnostic est sans appel. Chienlit a des acariens dans les oreilles et des vers intestinaux. Sa démarche boitillante est la conséquence d'une ancienne fracture de la patte arrière – peut-être due à un choc contre une voiture – qui ne s'est pas correctement ressoudée. Il est en outre dénutri et n'a pas de puce d'identification. À part ça, dit-il en se lavant les mains, c'est un jeune chien, qui mérite sûrement une vie meilleure.

— Où sont ses papiers ? Il est à jour niveau vaccins ?

— Je ne sais pas. On me l'a donné comme ça, sans rien.

Le vétérinaire la regarde fixement.

— Et vous ne pouvez pas vérifier ?

— Si, je suppose que si.

Les gens de la campagne, soupire-t-il. Personne ne contrôle ces choses-là. À la campagne, ils sont rustres, bornés et souvent d'une cruauté qui confine à la sauvagerie. Quelques jours plus tôt, on lui avait amené un lévrier en charpie. Il n'a rien pu faire pour le sauver. Elle ne peut pas s'imaginer à quel point c'est difficile de travailler dans un endroit comme Petacas. C'est comme heurter le même mur, dit-il, jour après jour. Nat l'écoute sans ouvrir la bouche. Son problème – à elle – pour le moment est économique. Mettre une puce au chien, le débarrasser de ses parasites et lui acheter des croquettes de qualité, tout ça engendre de nombreux frais supplémentaires et il reste encore à régler, craint-elle, le problème des vaccins. Mais quelle que soit la somme qu'elle va y laisser, quel que soit le dépassement de budget, ce qui lui coûte le plus, c'est d'interroger le propriétaire.

Elle place la gamelle dans la cuisine pour que Chienlit s'habitue à entrer dans la maison. Parfois, elle parvient à ce qu'il reste un peu plus longtemps, allongé à côté d'elle. Ça ne dure jamais, il n'a jamais l'air tout à fait détendu, mais Nat considère que c'est un immense progrès, de l'avoir là, à portée de main. En passant la paume sur son échine, elle sent sous le pelage la transe qui l'agite, un flux sporadique mais sans fin. Au moindre bruit ou mouvement inattendu de sa part, il prend peur, se sauve en un coup de vent, et sa confiance est à reconquérir.

C'est exactement ce qui se passe ce matin, quand elle le voit se tendre, se redresser d'un coup, gémir légèrement et sortir de la maison. Il faut quelques secondes supplémentaires à Nat pour entendre la Jeep se garer et les pas sur les graviers qui approchent. C'est le propriétaire, prêt à récupérer le loyer en espèces, comme ils en sont convenus. Convenus ? En réalité, pense-t-elle avec colère, elle n'a convenu de rien. D'après lui, c'est ainsi qu'ils devaient procéder si elle voulait qu'il baisse le prix. Pas de virement ni de chèque, avait-il exigé, de toute façon à elle ça lui était égal, non ? Et voilà, parce qu'elle a voulu éviter le débat, il se retrouve à l'intérieur de la maison, après avoir donné un coup sec sur la porte, sans attendre que Nat l'y ait invité ou se soit levée pour l'accueillir, jetant des coups d'œil alentour, évaluant les modifications qu'elle a apportées, un demi-sourire ironique dansant sur ses lèvres. Un homme si maigre, pense Nat, si insignifiant, et pourtant capable de polluer l'atmosphère en quelques secondes à peine. Elle sort l'argent du loyer, le lui remet dans une enveloppe.

— La prochaine fois, j'aimerais autant que vous me préveniez, lui dit-elle. J'aurais pu ne pas être là.

— Bah, t'inquiète pas de ça. Si ça arrive un jour, je reviendrai le lendemain.

Il lui amène aussi les factures. Celles de l'électricité et du gaz, qui sont mensuelles, et celle de l'eau, trimestrielle. Peu importe qu'elle n'habite ici que depuis un mois. La maison était inoccupée avant, lui explique-t-il, alors cette facture d'eau lui revient entièrement. La somme est exorbitante. Nat a la main qui tremble en saisissant le papier.

— Je vous ai déjà informé que le robinet de la baignoire fuit. Il est impossible que j'aie consommé autant d'eau.

— Qu'est-ce que tu me racontes ? Que c'est à moi de la payer ?

— Je dis juste que moi, je n'ai pas consommé ça. Que c'est à cause du robinet.

— Le robinet n'a rien à voir là-dedans, ma p'tite. C'est toi qui vis ici, non ? Donc t'aurais dû le réparer.

Elle aurait dû. Nat sait qu'il a en partie raison, mais elle l'en a informé dès le premier jour et il n'a rien fait, ou disons que la solution qu'il lui a proposée – le réparer lui-même – ne l'a pas convaincue. Elle aurait pu demander de l'aide à quelqu'un d'autre. À Piter, par exemple, même s'il lui aurait reproché une fois de plus sa docilité. Ou elle aurait pu simplement appeler un plombier, comme n'importe qui l'aurait fait dans un cas pareil. Quoi qu'il en soit, elle a esquivé le problème. Elle a fini par s'habituer au bruit constant du robinet qui goutte. Elle s'est consacrée à d'autres choses. Et voilà ce qu'elle y gagne : le problème est là, dans sa main.

D'accord, dit-elle. Elle paiera la facture avec le loyer du mois prochain, s'il veut bien. Le propriétaire marmonne entre ses dents, l'arrangement ne lui convient pas du tout. Il s'en va en soupirant, sans lâcher un mot de plus.

À cet instant seulement, Nat se rappelle qu'elle ne l'a pas interrogé sur les vaccins de Chienlit, et ne lui a pas non plus soumis le problème du matelas qu'elle voudrait qu'il emporte. Mais tant pis, se dit-elle tout de suite après, ce n'est pas si grave. La simple perspective de prolonger leurs rencontres l'angoisse tellement qu'elle préfère se taire. Elle trouvera bien un moyen de régler ça toute seule.

Un plombier de Petacas accepte de faire le déplacement à La Escapa le lendemain. Le matin même, alors qu'elle est encore en train de s'étirer dans son lit, Nat entend un bruit dans la salle de bains. Au début, elle pense que Chienlit s'est détaché et qu'il est venu à sa recherche, mais elle s'habille très vite, le cœur cognant à tout rompre, car ces bruits ne sont pas ceux d'un animal mais d'un humain : des pas, un sac qu'on lâche, un léger raclement de gorge, encore des pas sur le sol carrelé. Nat crie qui est là, terrorisée, et penche la tête à la porte de la salle de bains. Quand elle voit le propriétaire à l'intérieur, elle lâche encore un cri. De peur d'abord, puis d'indignation, puis aussitôt de peur, à nouveau. Qu'est-ce que vous faites là, hurle-t-elle plusieurs fois, au bord de l'hystérie.

Le propriétaire rigole, lui demande de se calmer.

— Tout doux, ma p'tite, c'est moi, y a pas de quoi faire tout un foin.

Il lui dit qu'il est venu réparer le robinet. Y en avait besoin, non ? C'est pas elle qui a dit qu'y en avait besoin ? Comme il n'a entendu aucun bruit quand il est arrivé, il a cru qu'elle n'était pas là ou qu'elle dormait.

— Mais vous ne pouvez pas entrer sans me prévenir ! Vous ne devriez même pas avoir la clé ! Qui vous a dit que vous aviez le droit d'ouvrir la porte quand bon vous semble ?

Il se remet à rire.

— Évite de me parler de mes droits, ma p'tite. Je viens de te dire que je croyais qu'y avait personne.

Il lui explique qu'il devait justement passer par là tôt ce matin, il a d'autres courses à faire après à La Escapa, alors il en a profité. Il lui dit qu'il va régler ça en quelques minutes à peine, c'est une petite réparation de rien du tout, n'importe qui aurait pu s'en occuper, de ce robinet. N'importe quel homme, nuance-t-il, puisqu'il est évident qu'elle n'en a pas été capable, elle. Nat ne peut plus s'arrêter de crier. La voix déformée par sa nervosité, elle insiste sur le fait qu'il n'a pas le droit d'entrer comme ça, qu'il ne doit plus jamais le faire. Le propriétaire serre les lèvres, durcit le regard.

— Qu'est-ce que t'imagines, que je vais te violer ou quoi ?

Il la toise de haut en bas, avec mépris. Puis il se tourne vers la baignoire, s'accroupit en grommelant, et manipule ses outils. Il dit tout bas – et cependant Nat l'entend parfaitement – qu'il en a ras le bol des bonnes femmes. Plus tu leur en donnes, moins elles sont contentes, dit-il. Toutes folles, toutes des cinglées. Il continue à travailler et à râler. Nat reste pétrifiée devant la porte de la salle de bains. Puis elle sort sous le porche, où elle attend qu'il ait fini, encore tremblante.

— C'est bon, dit-il peu après. Tu vois ? Pas de quoi fouetter un chat.

Il s'en va sans dire au revoir.

Restée assise sur le sol du porche, Nat tente de refouler son angoisse, se retenant d'appeler la police, ou Piter, ou n'importe qui, les bras serrés autour des genoux jusqu'à ce que l'affolement laisse place, peu à peu, à une sorte de calme. Avec tout ça, elle oublie de prévenir le plombier, qui se présente quelques heures plus tard et, bien qu'il n'ait aucune réparation à effectuer, lui facture le déplacement, comme il se doit.

— J'ai laissé en plan un autre client pour venir. Arriver jusqu'ici, c'est pas une mince affaire, s'excuse-t-il.

Nat ne trouve rien à répondre, puisque c'est la vérité. C'est pas une mince affaire, aucun doute là-dessus.

Face au vétérinaire, elle affirme que Chienlit n'est pas vacciné. Elle préfère mentir et prendre le risque de le vacciner deux fois plutôt que de devoir discuter une seconde de plus que nécessaire avec le propriétaire. Voici donc ce qui lui reste à faire : ouvrir son portefeuille et régler l'affaire le plus rapidement possible. Le processus se révèle cependant plus long que prévu – long et cruel. Dès qu'on approche l'aiguille, Chienlit se débat avec un acharnement inattendu. Terrifiée par l'agressivité du chien qui retrousse les babines et montre les dents, elle se retrouve obligée de le tenir tandis qu'on lui met une muselière. Elle s'inquiète que cette scène n'induise un retour en arrière. Chienlit n'oubliera probablement jamais sa trahison, la manière dont elle a collaboré pour lui faire mal.

Elle achète un harnais, une laisse, des os en plastique pour se faire les dents, un sifflet de dressage. Le transformer en ce chien calme et affectueux dont elle a besoin va être compliqué, mais elle ne renoncera pas aussi facilement. De fait, elle est en train de franchir les étapes nécessaires. Constater une telle évolution – même ardue, même minime – lui procure une satisfaction intime, comme si les progrès du chien étaient aussi les siens, indirectement.

La première sortie en laisse se révèle néanmoins épuisante. Chienlit ne cesse de tirer, il halète, à la limite de l'asphyxie. Ils n'ont parcouru que quelques mètres quand il s'assoit au milieu du chemin et refuse d'avancer davantage. Nat doit faire demi-tour en le traînant. Au loin, elle distingue Piter planté devant chez elle, une caisse entre les mains. Il pose sa cargaison et l'observe, les poings sur les hanches.

— Tu es la fille la plus têtue que j'aie jamais vue. Tu gaspilles bêtement ton énergie. D'où tu sors cette idée de l'attacher ? Ici, les chiens ne sont jamais tenus en laisse.

— J'essayais juste de lui apprendre. C'est le vétérinaire qui me l'a conseillé. Au cas où j'aurais besoin de l'emmener quelque part.

— Et où tu vas l'emmener ? Cet animal t'attirera des ennuis partout.

Piter lui a apporté des légumes qu'il vient d'acheter à l'Allemand. Il en a trop pour lui tout seul, explique-t-il, mais l'Allemand, ce petit malin, les vend toujours comme ça, en grosses portions, pour pas que ça se gâche. Il y a des radis, des courgettes, des concombres, ainsi que des bulbes que Nat n'arrive pas à identifier. L'Allemand ? lui demande-t-elle, encore blessée par les commentaires de Piter. Dans sa mémoire, s'esquisse un type pas très grand, portant moustache et lunettes, dégingandé, brun et fuyant, qu'elle a croisé parfois mais qui a tout juste marmonné un bonjour sans la regarder dans les yeux.

— Eh bien, merci beaucoup, dit-elle sans enthousiasme. Même si je ne vois pas trop ce que je vais faire de tout ça.

Une ratatouille ? Une soupe froide ? Des lasagnes de légumes ? Ils pourraient se préparer mille recettes avec ces ingrédients, répond Piter. Au lieu de perdre son temps avec ce chien, pourquoi ne leur concocterait-elle pas un plat, pour tous les deux ? Lui aussi, il peut se lancer dans quelque chose, un plat d'accompagnement. Ils pourraient dîner chez lui, ça lui donnerait l'occasion de visiter l'atelier. Demain. Qu'en dit-elle ?

Nat accepte. Il lui a déjà trop souvent proposé de passer chez lui et elle a laissé traîner. Et puis cette fois, c'est différent. Il s'agit d'une invitation en bonne et due forme : dîner, boire, bavarder et tout ce qui s'ensuit. Nat n'est pas naïve, elle connaît les éventuelles implications d'une telle proposition et bien qu'au fond d'elle subsiste une résistance – une subtile mais persistante répugnance –, elle doit abdiquer. Depuis que le propriétaire a fait irruption chez elle, elle a un sommeil tendu, elle croit entendre la clé dans la serrure, la porte qui s'ouvre, des pas de plus en plus proches. Elle n'a rien voulu raconter à Piter parce qu'elle sait ce qu'il répondrait : qu'elle doit immédiatement le dénoncer à la police. Il serait inflexible et lui reprocherait sa passivité, son apathie.

Alors elle préfère ne rien dire, garder tout ça pour elle. Il n'empêche que se retrouver isolée n'est pas si simple, c'est agréable d'avoir un ami, elle deviendrait folle sinon. Elle se demande si c'est seulement de l'amitié qu'elle recherche ou aussi de la protection, et si elle ressentirait le même soulagement – ou la même inquiétude – à l'invitation d'une femme. Une amie s'acquitterait de son rôle, sûrement, mais elle atténuerait bien peu son sentiment d'impuissance. En fin de compte, se dit-elle, c'est Piter qui manifeste le souhait de la protéger. Elle, elle n'a qu'à se laisser faire, elle ne lui demande rien qu'il ne soit d'emblée disposé à lui offrir.

La maison de Piter est située dans la partie ouest de La Escapa, à une dizaine de minutes à pied de chez Nat. C'est une jolie construction en bois avec un toit à deux pans, de larges baies vitrées et des jardinières. L'intérieur est frais et agréable et, bien qu'il y ait quantité d'objets, tout semble être exactement à sa place et avoir une fonction et un sens précis. Quand Nat franchit l'entrée, la chienne vient renifler le plat qu'elle tient entre ses mains.

— Courgettes farcies à la viande, annonce-t-elle.

Piter éclate de rire, la prend par le bras pour qu'elle l'accompagne dans la cuisine. Sur le plan de travail, il y a un plat similaire, la même recette. Ils rient, la chienne remue la queue et se glisse entre eux, quémandant des caresses. Elle entend *My Funny Valentine*, peut-être la version de Chet Baker, mais Nat ne pose pas la question – elle ne pose jamais ce genre de questions. Piter lui sert un verre de vin et la guide au sous-sol pour lui montrer l'atelier. Là aussi, tout est soigneusement rangé, comme prêt pour une exposition : plans et dessins, fragments de verre classés par couleurs dans des corbeilles et des caisses, outils accrochés au mur, une longue table avec un vitrail en cours de fabrication, et des fers à souder qui pendent au plafond. Nat préférerait y jeter un œil toute seule, mais elle écoute poliment les explications de Piter, qui détaille, étape par étape, le processus de création des vitraux. Un simple vitrail embellit n'importe quelle maison, dit-il, aussi modeste soit-elle. Bien sûr, si on lui commande un ouvrage plus solennel, voire institutionnel, il ne dit pas non, mais il préfère travailler à petite échelle, pour les gens ordinaires. Nat s'approche afin d'observer le vitrail posé sur la table. Des agneaux et des colombes dansent autour d'un arbre touffu. Les diverses nuances de vert des feuilles donnent une impression de désordre, ou de discordance. Nat n'est pas tout à fait sûre d'apprécier. Vu de près, la composition lui paraît conventionnelle, et plutôt maladroite.

— Pour cette série, je me suis inspiré de Chagall. Des vitraux qu'il a faits pour l'université de Hadassah, à Jérusalem, j'imagine que tu les connais, ils sont très célèbres…

Nat ne voit pas du tout de quoi il s'agit, mais elle acquiesce comme si elle comprenait, puis se tourne du côté du mur, où sont disposés d'autres vitraux de la même série, terminés et prêts à être installés. Une commande pour une bibliothèque, lui explique Piter, c'est pour ça qu'il a intégré des extraits de poèmes – de Pablo Neruda, Mario Benedetti, Wisława Szymborska. Nat les lit lentement avant de demander :

— Et ce travail avec les vitraux, tu en vis ?

À peine a-t-elle prononcé ces mots qu'elle les regrette. C'est le genre de question fourbe qu'elle déteste qu'on lui pose. Mais Piter n'a pas l'air gêné ; bien au contraire, il répond allègrement, avec fierté.

— Bien sûr que oui.

Il a très peu de frais matériels. La plupart des verres qu'il utilise proviennent du recyclage. D'ailleurs, c'est dans les poubelles qu'il trouve ceux qui ont le plus de valeur. Il prône l'austérité comme mode de vie. Ses mots d'ordre sont : ne rien jeter, tirer profit de tout, respecter la terre, consommer le minimum, approfondir au maximum.

— J'ai l'impression que, de ce point de vue, on se ressemble beaucoup, ajoute-t-il, et Nat sent le fourmillement de l'inquiétude se faufiler en elle.

Pendant le dîner, ses craintes refluent progressivement. Peut-être sous l'effet du vin, mais aussi de l'amabilité de Piter qui se montre proche et même spirituel, la faisant rire comme elle n'avait pas ri depuis longtemps. Mais tandis qu'ils débarrassent la table et qu'il débouche une autre bouteille, elle lui jette un coup d'œil rapide et se heurte à nouveau à cette chose en lui qu'elle n'aime pas, un détail qui la fait reculer d'un pas. Ce n'est pas son allure physique. En réalité, son corps solide est attirant, sa vigueur dégage un érotisme évident. Par ailleurs, il se met indéniablement en quatre pour faire plaisir : c'est un être charmant, un bon voisin, il s'y connaît en littérature, en musique, en cinéma, tout ce qui est censé susciter de l'intérêt dans un certain milieu – le milieu d'où elle vient. Alors quoi ? Nat se demande pourquoi il vit seul, pourquoi il n'a mentionné aucune femme jusqu'à présent, et envisage la possibilité qu'il soit homosexuel. Puis elle saisit le verre qu'il lui tend et sourit, se forçant à chasser tous ses préjugés.

Ils sortent dans le jardin pour observer les étoiles. Le ciel est limpide et la Voie lactée se détache dans l'obscurité, immense et pure. Baignées par la clarté nocturne, les pointes d'herbe scintillent et se laissent bercer par la brise. La chienne s'assoit à côté d'eux, babines salivantes, belle et majestueuse malgré son grand âge. Ils contemplent le firmament tous les trois en silence. Que c'est beau, murmure Nat et, confusément, elle pense en même temps : les règles. Le moment venu, elle pourra toujours lui dire qu'elle a ses règles.

Il se tourne vers elle, la dévisage avec un sourire différent.

— Je peux te poser une question ?

— Bien sûr.

— Pourquoi tu es venue à La Escapa ?

Nat hésite. N'y a-t-elle pas déjà répondu plus tôt ? Pourquoi tout le monde se figure qu'il existe des raisons cachées ? Elle termine son verre, sans un mot. Piter s'excuse. Il ne voulait pas se montrer indiscret, lui dit-il. Elle n'a pas à lui raconter quoi que ce soit si elle n'en a pas envie, mais dans le cas contraire, elle doit savoir qu'il sera ravi d'écouter son histoire.

— J'ai quitté mon travail, dit-elle finalement. Je n'en pouvais plus.

— Dans quoi tu bossais ?

Nat se rétracte. Elle ne veut pas donner de détails. Elle était employée de bureau, dit-elle. Des traductions commerciales, des échanges avec des clients étrangers, ce genre de choses. Un travail plutôt bien rémunéré, mais très éloigné de ses centres d'intérêt. Piter allume une cigarette, fronce les sourcils à la première bouffée.

— Tu es courageuse alors.

— Pourquoi ?

— De nos jours, personne ne renonce à un emploi.

Le compliment met Nat mal à l'aise. Dans d'autres circonstances, elle l'aurait accepté, mais venant de Piter, elle est prise d'un désir de rébellion. Un éloge venant de ce type-là, de sa bouche, lui paraît empoisonné. Ou bien c'est sa perception troublée par l'alcool qui lui fait envisager les choses de travers. Non, elle n'est pas courageuse, réplique-t-elle. Elle n'a pas quitté son travail volontairement. Pas du tout. Veut-il connaître la véritable histoire ? Piter se penche vers elle. Bien sûr.

Elle avait volé quelque chose. Elle avait volé sans nul besoin, sur un coup de tête. Elle n'a jamais compris les raisons qui l'ont poussée à un tel acte. Ce n'était pas par défi social et encore mois par convoitise. L'objet était là et elle l'avait pris, tout simplement. Il appartenait à l'un des associés de l'entreprise. Ou plutôt à l'épouse de l'un des associés, un objet de valeur que celle-ci avait oublié lors d'une visite. Et après, il s'est avéré compliqué de le rendre. Même si elle en avait eu envie – et bien sûr qu'elle en avait envie –, il était désormais impossible de rétablir l'ordre des choses. Elle pouvait restituer son larcin, mais il y aurait forcément eu des conséquences. Elle avait opté pour le silence. Et finalement, elle s'était fait prendre. Ils l'avaient convoquée en tête à tête, ils avaient agi avec une grande discrétion. Elle avait été une bonne employée jusqu'alors, qualifiée et responsable, ils l'avaient donc simplement interrogée sur ses motivations, qu'elle avait été incapable de fournir. Bon, avaient-ils dit, parfois on ne sait pas pourquoi on fait certaines choses, n'est-ce pas ? Tant d'amabilité lui avait paru louche. Elle ne pouvait pas croire qu'elle allait s'en sortir avec un simple avertissement. Quelqu'un était peut-être intervenu pour obtenir son pardon. Quelqu'un qui lui ferait savoir, plus tard, qu'elle lui était redevable. Son absolution avait un prix, et elle n'était pas certaine de vouloir le payer. Elle ne voulait pas rester dans un bureau où les gens lui jetteraient des regards condescendants par-dessus l'épaule, sachant qu'elle avait quelque chose à cacher et que, si elle travaillait toujours là, c'était grâce à la générosité et à la compassion de ses supérieurs, et à la faveur de nouvelles conditions d'un contrat non écrit.

Piter l'écoute en acquiesçant, très concentré sur son récit, mais quand Nat cesse de parler, il se contente de répéter son éloge du début : elle est courageuse, quoi qu'elle en dise, elle a eu le courage de rompre avec tout ça. D'autres, à sa place, auraient baissé la tête, c'est sûr. Elle ne devrait pas se sentir coupable. Parfois, certaines erreurs nous mènent sur la bonne voie, débouchent sur un changement de cap, voire une révélation. N'est-ce pas une réussite d'être là maintenant, à l'aube d'une nouvelle vie ?

Ils trinquent et boivent, mais une ombre est tombée sur eux, viciant l'air. Une nouvelle vie, pense Nat, et elle se sent immédiatement honteuse. Tout ce qu'elle a raconté est vrai et pourtant, par sa façon de le raconter – le choix des mots, le rythme, les pauses et les détours –, elle s'est enveloppée d'un halo d'hypocrisie qui lui répugne. Son besoin de se justifier est lamentable.

La voyant s'éteindre, Piter change gentiment de sujet, la questionne sur son travail actuel, sur la traduction. C'est la première commande qu'elle reçoit, explique-t-elle, avant de préciser : la première traduction littéraire. Jamais auparavant elle ne s'était confrontée à ce genre-là. D'ailleurs, on pourrait considérer que c'est un test. La maison d'édition qui le lui a proposé a confiance en ses capacités, mais il s'agit d'un saut qualitatif, c'est certain. La traduction commerciale est une pure formalité alors que ça… eh bien, ce qu'elle fait touche à l'essence, au cœur même du langage.

Piter semble moins intéressé par ses digressions théoriques que par le livre en question. De quoi ça parle, lui demande-t-il. C'est un roman, un essai ? Il est impossible d'expliquer de quoi ça parle, dit Nat. Il n'y a pas une intrigue qui se développe et qu'on pourrait résumer en une phrase ou deux. Ce sont des pièces de théâtre très courtes, presque schématiques, d'un genre philosophique. L'auteure ne les a pas écrites dans sa langue maternelle, mais dans celle du pays où elle s'est exilée, ce qui donne un langage très rudimentaire, si ce n'est carrément plat. Au début, Nat avait pensé que ce serait un avantage pour la traduction, mais ça commence à lui apparaître au contraire comme une difficulté. En réalité, au moindre mot inattendu ou ambigu, elle se voit contrainte d'élucider si sa présence est due à une erreur issue de la méconnaissance de la langue ou si c'est un effet voulu, fruit d'une intense réflexion. Et il n'y a aucun moyen de le savoir.

— Et tu ne peux pas demander à l'auteure ?

Nat secoue la tête avec regret. Cette femme est morte, et c'est peut-être mieux ainsi, ça lui épargne le désagrément de voir la façon dont sa traductrice sabote son livre.

Piter sourit, observe à nouveau le ciel. Très beau métier, dit-il, la traduction. Intéressant et utile, ajoute-t-il. Nécessaire. Il pose le verre sur le côté et, avec un mouchoir, il essuie la bave de sa chienne. L'animal se laisse faire docilement, et Nat perçoit dans cette sérénité – et dans l'attitude de Piter – une grande délicatesse, mais une sorte de délicatesse artificielle, affectée. Jamais Chienlit ne se laisserait nettoyer ainsi. Peut-être est-ce précisément pour cette raison que Piter le fait avec sa chienne, pour souligner la différence. Une fois qu'il a fini, il lui remplit à nouveau son verre. Nat a cette vague idée : il est en train de me soûler. Au loin se profilent un mot – *voilà* –, puis une phrase complète : *voilà comment débutent les mascarades.*

Pourquoi Piter ne raconte-t-il rien sur sa propre vie ? Pourquoi se contente-t-il de fouiller en elle, de tenter de lui soutirer des aveux ? D'où tient-il cette autorité pour donner des conseils ? Il est temps que je rentre, annonce-t-elle, mais en se levant elle réalise à quel point elle a la tête qui tourne. Titubante, elle fait bonne figure tandis que Piter l'accompagne aux toilettes, où elle reste un bon moment, jusqu'à ce que l'effet de l'alcool se dissipe.

Il est très tard quand il propose de la ramener chez elle. Il la dépose devant la porte, lui demande si ça va aller. Nat acquiesce, le remercie. Piter frôle délicatement sa joue, lui souhaite bonne nuit – repose-toi, dit-il –, et puis c'est tout. Nat est surprise, si ce n'est déçue. Il n'allait donc pas l'embrasser, ou tenter de l'embrasser ? Il n'allait pas essayer de coucher avec elle ? N'était-ce pas la scène prévisible, ce qu'on attend d'un homme ? À quoi bon Sam Cooke et Miles Davis, à quoi bon tout ce vin, à quoi bon la Voie lactée ? Elle avait préparé une excuse pour rien, ou alors était-ce elle qui avait espéré autre chose ? Non, absolument pas, mais pas ça non plus, pas le faux pas dans l'entrée, la démarche maladroite, le vertige et la solitude totale de la maison fermée. Nat avance tant bien que mal à la recherche de son lit et perçoit alors quelque chose, un bruit s'approchant parmi les ombres. Elle a le cœur qui bat à s'en décrocher, avant de sentir Chienlit lui lécher la main, dont elle est incapable de maîtriser le tremblement. C'est la première fois que le chien lui accorde une démonstration d'affection, un signe de bienvenue. Émue, elle s'accroupit, pleure, lui parle.

— Tu m'as fait peur !

Elle le serre dans ses bras. Son poêle rugueux s'enfonce dans son nez et dans ses yeux, mais tant pis, elle le serre fort, si fort que Chienlit finit par s'échapper en grognant.

À partir de ce soir-là, Piter et elle se rapprochent. S'être livrée à certaines confessions la place dans une position désavantageuse, mais cette asymétrie ne suffit pas à l'inquiéter – étant donné qu'elle n'a pas tout raconté, loin de là. L'attitude de Piter n'a pas changé suite aux confidences, à vrai dire il se montre encore plus aimable, presque affectueux. Ils passent leur journée à s'envoyer des messages et Nat lui rend souvent visite, sans avoir besoin d'invitation, juste quand ça lui chante ou quand elle s'ennuie. Au gré de son intuition, elle escamote les informations qu'elle suppose inconvenantes. Par exemple, elle ne lui parle pas des lents progrès de Chienlit ni de la peur que lui inspire le propriétaire, parce que, à quoi bon ? La propension de Piter à se mêler de tout, ce ton de conseil délivré par la présumée voix de l'expérience – parce qu'il est un homme, parce qu'il est plus âgé, parce qu'il vit depuis plus longtemps à La Escapa et qu'il est ami avec ces gens dont Nat n'a même pas retenu les noms –, n'est en fin de compte pas assez grave pour faire obstacle à leur amitié.

Ce que le dîner a mis en évidence – l'absence d'attraction sexuelle entre eux – contribue, paradoxalement, à les rapprocher. Le désintérêt de Piter a néanmoins déclenché une alarme chez Nat : le signal qu'elle a commencé à perdre un pouvoir qu'elle avait jusqu'alors possédé inconsciemment. À l'instar de l'argent, se dit-elle, le capital érotique s'amenuise sans qu'on s'en rende compte, on ne prend conscience de son existence qu'une fois qu'il disparaît, et elle se scrute dans le miroir avec un regard dénué de pitié, évaluant les parties de son corps ou de son visage où peut se loger l'erreur. Il faut admettre qu'elle se néglige depuis qu'elle est à La Escapa. Elle a les cheveux hirsutes et rêches, sa tenue de travail ne la met pas en valeur et après tant d'heures passées au soleil, sa peau desséchée est plus cramoisie que bronzée. Mais il doit y avoir autre chose. En lien avec l'âge, avec le poids – davantage que le passage du temps.

Elle préfère ne pas y penser et, comme à son habitude, laisse l'idée de côté, en quarantaine.

Elle a parfois le sentiment que le propriétaire a réutilisé la clé et est entré en son absence. Rien de concret ne vient confirmer ses soupçons, pas d'objet déplacé ni de traces de son passage, mais la simple possibilité – une possibilité réelle, comme elle en a été témoin – est bien assez pesante pour l'angoisser. Afin de chasser ses doutes, d'éviter qu'ils ne tournent pas à l'obsession, elle s'efforce d'être rationnelle. Il suffit pourtant qu'elle ferme les yeux et que la conscience se relâche pour que le fantôme prenne de nouveau ses aises, qu'il revienne sous forme de cauchemar.

Elle fait ce rêve récurrent où elle découvre une fenêtre à côté de son lit, une nouvelle fenêtre du jour au lendemain, habillée d'une persienne à moitié baissée et de rideaux blancs qui bouchent partiellement la vue. Derrière la fenêtre, pour autant qu'on puisse voir à travers, elle devine un paysage impossible à identifier mais très réaliste. Ce n'est pas toujours le même : parfois, il s'agit de montagnes enneigées sous un ciel zébré de noir, d'autres d'une mer déchaînée ou de barres d'immeubles immenses, du genre banlieue, toutes lumières allumées. Quand, fascinée, elle tente de se redresser pour mieux voir, elle se rend compte qu'elle a les poignets attachés à la tête de lit – ou aux pieds ou au sommier – avec des rubans. Ils semblent bien peu de chose, ces rubans, mais ils l'immobilisent totalement. Nat ne sait pas qui l'a attachée ni à quel moment c'est arrivé. Elle observe les nœuds qui font pression sur ses veines, les éraflures qu'ils ont laissées sur sa peau et ses doigts engourdis, qui fourmillent à cause de la mauvaise circulation du sang. La peur s'insinue en elle. C'est à ce moment précis qu'elle entend une porte qui s'ouvre et l'homme qui entre, ses pas lents et traînants, se fichant d'être discret. Nat se demande où est Chienlit, pourquoi il n'a pas jappé pour la prévenir. Sans bouger du lit, elle parvient à distinguer l'homme qui se balade dans toutes les pièces de la maison – une maison beaucoup plus grande que ce qu'elle croyait, avec une multitude de chambres dont elle ignorait l'existence : vestibules, greniers, petites chambres à l'intérieur d'autres chambres. Elle voit l'homme, le dos de l'homme, sa nuque dégagée et déterminée, elle le voit pénétrant partout, profanant l'espace par sa simple présence, mais elle n'est pas capable de discerner son visage. L'homme s'approche de son lit. Quelque chose croît et gonfle dans sa gorge, amortissant le cri. Nat s'asphyxie.

Elle se réveille en sueur, les extrémités des membres engourdies et les gencives sèches. Les bruits de la nuit se mélangent à sa perception encore confuse : les hennissements nerveux d'un cheval, un hibou qui hulule, le chant intense des grillons, et les chiens, toujours les chiens, rivalisant d'aboiements.

Mais ils sont pires encore, les bruits qu'elle découvre ou même qu'elle guette à l'intérieur de la maison, chaque jour, chaque nuit, qu'elle rêve ou non. Des craquements et des grincements, l'air se faufilant à travers les volets, le murmure du ventilateur, les pas de Chienlit raclant de ses griffes le vieux sol en bois du porche ou tournant autour du piquet. Aucun de ces bruits n'a le moindre rapport avec le propriétaire, mais elle ne baisse pas la garde. Le jour où il revient, avec les factures du deuxième mois, il le fait en frappant à la porte. Le soulagement que ressent

Nat est si grand qu'elle paie sans rechigner. C'est mieux ainsi, se dit-elle. Ne rien réclamer, en finir rapidement et ne plus revoir sa tête jusqu'au mois suivant.

Après tant de jours et tant de promenades, elle connaît par cœur tous les chemins, toutes les maisons et leurs habitants, même si demeure l'impression qu'une part lui échappe, qu'il y a des choses qu'elle n'est pas capable de voir ni d'entendre. La silhouette du Glauco est omniprésente, où qu'elle pose le regard il est là, aux aguets, y compris quand elle lui tourne le dos. On ne peut pas échapper à cette montagne, dit-elle à Piter, c'est comme si elle la surveillait tout le temps. Mais il lui demande d'imaginer La Escapa sans le Glauco : ce serait une terre plate, sans personnalité, pareille à tant d'autres. Ce qui la met mal à l'aise c'est le contraste, affirme-t-il d'un ton solennel, et elle comprend qu'ils parlent de deux choses différentes, comme toujours ou presque.

Une maison abandonnée attire vivement son attention. Sur ses murs à moitié effondrés, quelqu'un a écrit CHÂTIMENT DIVIN et aussi HONTE, en lettres capitales rouges. Piter lui raconte qu'un couple vivait là autrefois, un frère et une sœur qui, d'après les rumeurs, entretenaient une relation incestueuse. Arrivés à La Escapa pour fuir un autre village, ils y étaient restés plusieurs années sans fréquenter quiconque et dans un état de grande pauvreté – puisque personne ne leur donnait de travail –, esquivant comme ils pouvaient les insultes et même les agressions – une fois, raconte Piter, on avait brisé les fenêtres de la maison à coups de pierre ; une autre, on avait mis le feu au hangar. L'homme, qui devait avoir la cinquantaine, était décédé brutalement, d'un infarctus ; sa sœur, plus jeune et souffrant apparemment de retard mental, s'en était allée quelques jours plus tard, laissant la maison telle quelle. Ceux-là mêmes qui par dégoût les avaient rejetés ont immédiatement débarqué pour rafler toutes les affaires qui leur ont paru utiles, avant de détruire le reste avec une joie mauvaise dans un feu immense. Puis ils ont fait ces graffitis.

Mais tout ça a eu lieu il y a très longtemps, s'empresse de préciser Piter, c'est une sorte de légende funeste. Lui-même ne vivait pas encore là, il se contente de rapporter ce qu'il a entendu dire. Il ne faudrait pas qu'elle ait une mauvaise image de La Escapa, les choses ont bien changé depuis cette époque, les gens sont de plus en plus tolérants, de plus en plus civilisés. Nat pense que si c'était vrai, quelqu'un aurait pris la peine d'effacer les graffitis. Le fait qu'ils demeurent là, à la vue de tous, agit comme une sorte de rappel, ou même d'avertissement.

Elle peut passer la journée entière en vadrouille et, mis à part les équipes d'ouvriers, ne croiser que le gitan occupé à récupérer de la ferraille ou à d'autres tâches, le vieux Joaquín – le mari de Roberta – ou l'Allemand, qui fait des allers-retours à Petacas dans sa fourgonnette, pour écouler les légumes de son potager, suppose-t-elle.

S'il n'y avait pas Piter, elle ne parlerait probablement à personne pendant plusieurs jours d'affilée. Maintenant qu'elle n'est plus une nouveauté, même la fille du magasin n'éprouve plus d'intérêt pour elle. Elle se contente de la servir sans quitter des yeux l'écran de télévision flanqué dans un coin. Son ennui exhale un halo de désespoir. Nat la voit s'étirer les doigts jusqu'à les faire craquer, fredonnant avec un filet de voix, l'air absorbée. Sur son visage encore adolescent, on devine celle qu'elle sera à cinquante, soixante ans, quand elle se verra affligée des migraines dont souffre aujourd'hui sa mère. Nat aimerait lui dire un mot aimable, mais rien ne lui vient à l'esprit.

Avec Piter, ils vont parfois au bar du Gros, un local au toit en tôle ondulée éclairé par une unique ampoule qui répand une lumière froide… Ils boivent des bières avec les hommes qui traînent là – des agriculteurs et des maçons pour la plupart –, des gens qui discutent de sujets sur lesquels Nat n'a rien à dire. Piter leur parle avec naturel, mais il lui donne l'impression de jouer un rôle pour se mettre à leur niveau. Parfois le Gros gonfle la note, parfois il l'efface, et personne n'est autorisé à le contrarier avec ça. Les blagues qu'il lance aux clients ont toujours un fond agressif et provocateur ; et pourtant, tout le monde rit d'un air détaché, Nat incluse. Seule, elle n'aurait jamais fréquenté ce lieu, mais avec Piter, c'est différent.

Les week-ends sont plus animés. La maison qui jouxte celle de Nat, baptisée La Maisonnette – comme c'est indiqué en lettres colorées sur le portail –, est occupée par un jeune couple et leurs deux enfants en bas âge, un garçon et une fille qui passent la journée dans le jardin à se crier dessus, comme si c'était la façon la plus naturelle, ou la seule, de communiquer. La voisine, femme longiligne et véritable moulin à paroles, se montre accueillante tout en regardant Nat avec une certaine suspicion, peut-être parce qu'elle ne comprend pas du tout ce qu'elle fiche seule ici, dans cette bicoque privée de tout confort, accompagnée de ce chien hargneux. Piter, qui est ami avec le couple depuis longtemps, leur a fabriqué les vitraux des fenêtres supérieures qui apportent une atmosphère chaleureuse à l'intérieur, une ambiance rousse ou orangée selon l'inclinaison des rayons du soleil. La voisine raconte à Nat que La Maisonnette est un héritage inattendu d'une grand-tante. Au début, ils avaient essayé de la vendre, mais ça n'avait rien donné, personne ne voulait d'une maison si vétuste et si sombre. Alors, finalement, ils avaient décidé d'exploiter son potentiel, raconte-t-elle avec un soupir résigné, de faire quelques rénovations afin que les enfants profitent au moins de la vie au grand air. Son mari, plus enthousiaste qu'elle, tond le gazon avec une exquise régularité et s'amuse à construire des cabanes ainsi que des balançoires.

La plupart du temps, Nat se réjouit que le lundi arrive pour retrouver sa tranquillité.

Un dimanche, les voisins organisent un barbecue auquel ils invitent un tas de gens, principalement des amis de la ville qui font le déplacement à La Escapa pour l'occasion. Ils ont aussi invité Nat et Piter. Nat est contente d'y aller, mais finalement elle reste à l'écart par timidité, buvant et observant les autres dans son coin. Elle ne comprend pas bien – et s'en trouve gênée – qu'un grand nombre d'invités se baladent dans le jardin en maillot de bain. C'est illogique, se dit-elle, puisqu'il n'y a pas de piscine, pas même une gonflable, juste un tuyau d'arrosage qu'ils utilisent pour se rafraîchir de temps en temps ou pour jouer, comme des gamins. Il y a quelque chose d'obscène là-dedans, pense-t-elle : l'impudeur d'un défilé de corps imparfaits, à demi nus et mouillés. Ils parlent gastronomie et politique, sans transition, parfois les deux à la fois. Ils font semblant d'être bien informés, ce qui pousse Nat à se renfermer davantage. Certains s'approchent pour lui poser des questions sur sa vie. Sa présence à La Escapa, sans raison évidente qui la justifie, les intrigue. D'autres supposent que c'est la nouvelle petite amie de Piter et se comportent en conséquence, employant un *vous* qu'elle ne prend pas la peine de démentir. Tous paraissent séduits par l'idée du retrait à la campagne, qu'ils investissent d'une signification romantique ; quand ils se fendent d'un commentaire élogieux à ce sujet, Nat a envie de leur répondre qu'elle est uniquement là parce que c'est l'endroit le moins cher qu'elle a trouvé. Plus tard, elle surprend le regard de la voisine posé sur elle depuis l'autre bout du terrain.

— Je crains qu'elle soit jalouse, lui souffle Piter en aparté. Son mari n'arrête pas de te parler. Tu ne t'en es pas rendu compte ?

Si, elle s'en était rendu compte. C'est lui qui s'est chargé de la présenter à leurs amis – et il y avait de la fierté dans sa voix en prononçant son prénom –, il s'applique à souligner certains détails – qu'elle a travaillé dur pour remettre en état la maison, qu'elle a recueilli un chien errant, qu'elle est traductrice – et veille à ce que son verre soit toujours rempli, en hôte irréprochable, quitte à négliger en contrepartie le reste des invités. Tout n'est donc pas perdu, pense Nat avec satisfaction. Mais ce contentement n'est pas dénué d'une dose d'ironie. C'est toujours comme ça, elle ne peut s'empêcher de voir la scène de l'extérieur : le mâle en quête d'une nouvelle proie prête à se pâmer d'admiration, le regard pénétrant qui cherche à séduire, mais aussi le dos voûté, les pieds plats et la tonsure ridicule sur le crâne quand elle le voit de dos. Certains hommes sont vraiment absurdes, se dit-elle, amusée.

Un autre jour, Piter l'encourage à participer à une assemblée de voisins : tous les habitants de La Escapa ne seront pas présents, mais elle devrait y aller, son avis compte. Quel genre d'assemblée ? demande Nat avec réticence. L'obligation qui se dissimule derrière l'invitation de Piter l'ennuie, et puis elle ne voit pas très bien quel est son rôle en tant que voisine, étant donné qu'elle se considère davantage comme une nouvelle venue, sans droit au chapitre. La Escapa est une commune rurale abandonnée à son triste sort, explique Piter, même si elle a son propre maire qui est, comme elle l'aura deviné, le propriétaire du magasin, dont on ne pourrait soupçonner de prime abord à quel point il apprécie d'être aux commandes. Quoi qu'il en soit, son autorité est d'une efficacité limitée, les autres aussi devraient pouvoir prendre les choses en main et exiger de la mairie de Petacas – véritable responsable administratif de La Escapa – qu'elle agisse. Paradoxalement, ce sont les propriétaires de La Maisonnette, Piter lui-même et quelques autres de la nouvelle fournée – c'est l'expression qu'il utilise : *nouvelle fournée* – qui sont à l'initiative de cette assemblée. Des gens qui ont envie d'améliorer les choses. Mais quoi, demande Nat, quelles choses.

— Tu n'as pas l'air très motivée.

— C'est pas ça. C'est juste que je ne vois pas ce que je viens faire dans cette réunion. Je suis une simple locataire, ce serait plutôt à mon propriétaire de venir.

— Ton propriétaire, il s'en fout complètement des problèmes du village. Tu sais bien comment il est.

Oui, elle sait. Elle sait aussi que Piter n'a pas complètement tort, même s'il lui coûte de le reconnaître. Il mentionne la nécessité d'améliorer le service de ramassage des poubelles, l'éclairage des rues – très dangereuses la nuit – et le problème que représentent tous ces nids-de-poule et ces ravines qui défoncent les pneus des voitures.

— Ceux de ta voiture aussi, non ?

Elle acquiesce : ceux de sa voiture aussi, et finalement elle accepte de venir.

La réunion a lieu dans le magasin. Quand elle arrive, Nat est surprise de constater que l'endroit est bondé, même si, comme l'avait annoncé Piter, tous les habitants du village ne sont pas venus. Les gitans, par exemple, ne sont pas là – elle soupçonne que, de l'avis de certains, ils sont aussi problématiques que les nids-de-poule, voire pire –, le Gros non plus, qui paraît-il ne s'entend pas bien avec le propriétaire du magasin – ils sont à couteaux tirés, murmure Piter. Le vieux Joaquín est arrivé avec Roberta, probablement faute de trouver quelqu'un à qui la confier. La vieille femme n'est pas dans son meilleur jour. Au milieu de la réunion, de sa voix brisée, elle se lance dans un discours incohérent. Tout en articulant parfaitement ses arguments, elle utilise des mots savants sans liens les uns avec les autres, une terminologie précise comme *lamantin*, *tourbière*, *fangeux* et *glande*. Nat se rappelle avoir justement entendu ces mots-là dans un documentaire diffusé à la télévision ce midi, un documentaire sur les Antilles terriblement ennuyeux, mais qui a dû retenir l'attention de la vieille femme, la déstabilisant, car il y a dans sa manière de parler un ton interrogatif rempli de désespoir : que signifie tout cela, semble-t-elle dire, pourquoi sont-ils tous en train de débattre de choses qu'elle ne comprend pas – des choses comme *accotement*, *réverbère* ou *conteneurs* –, tandis que dans son esprit défilent des images d'océan et des mots dissociés les uns des autres.

Pendant que sa femme parle, Joaquín se contente d'attendre sans montrer le moindre signe de gêne, convaincu que tout le monde fera de même – attendre avec résignation et courtoisie –, mais Nat remarque l'impatience, les regards baissés et les raclements de gorge. Piter sourit d'un air condescendant, le couple de La Maisonnette échange des messes basses, le propriétaire du magasin grimace, et seul l'Allemand, adossé à des boîtes de conserves, demeure imperturbable, la tête penchée et les yeux fixés sur ses bottes, qu'il déplace lentement d'un côté et de l'autre. Nat se concentre sur lui. Comment se fait-il qu'il soit venu à l'assemblée, lui qui semble si solitaire et indépendant ? Elle ignore pourquoi on l'appelle ainsi, l'*Allemand*, étant donné qu'il n'est pas allemand et qu'il n'en a même pas l'air, si on s'en tient – bien sûr – à la caricature du Germanique grand, blond et fort. Au contraire, c'est un homme plutôt mince aux cheveux bruns clairsemés, le front dégarni. Son nez épaté et disgracieux, sa moustache incurvée vers le bas et ses lunettes de myope ne lui donnent pas vraiment l'air exotique, mais au contraire terriblement local. L'*Allemand* doit être un sobriquet, de même qu'ils appellent Piter le *hippie*, ou Roberta la *sorcière*. Dans les villages, l'usage des surnoms est courant, non ? Nat se demande s'ils lui en ont trouvé un, aussi, mais elle n'est pas certaine d'avoir envie de le connaître.

Au milieu du tas de bois, elle découvre une petite vipère enroulée sur elle-même. C'est une vipère de Lataste, avec sa petite corne insolente au-dessus de la bouche, l'air renfrognée et concentrée. Nat fait un bond en arrière. Enfant, elle a entendu dire que le venin de ces vipères est mortel, qu'il est capable d'achever un homme en une demi-heure. Elle doit la dégager de là sur-le-champ, mais elle a peur que la bestiole se retourne contre elle si elle essaie de la tuer. Et puis, comment s'y prendre ? L'idée de l'écraser à coups de pelle lui répugne. Elle sort chercher de l'aide, mais il lui faut un certain temps avant de trouver quelqu'un qui accepte de lui filer un coup de main. Piter est à Petacas et les maçons à qui elle s'adresse affirment être trop occupés. L'un d'eux lui promet de passer dès qu'ils auront fini leur boulot, mais Nat ne peut pas attendre. Finalement, c'est le gitan qui accepte de venir sans émettre la moindre objection, au contraire même, il se remonte les manches, rapide et tout à fait disposé à rendre service. La vipère n'a pas quitté son repaire. Assoupie au soleil qui cogne fort sur les bûches, elle demeure immobile quoiqu'aux aguets, comme si elle anticipait le danger du coin de l'œil – son œil doré, sa terrifiante pupille verticale. Le gitan se sert d'une pierre pour la broyer à mort. Le sang brille sur ses écailles brisées et Nat est prise de nausées face à ce spectacle, mais le soulagement qu'elle ressent est bien supérieur au dégoût. Elle fouille dans son porte-monnaie pour dédommager le gitan ; il lève la main, rassurant, ou peut-être plutôt offensé.

— Arrête tes bêtises. C'est pas la première fois que je tue ce genre de bestioles... Si on me payait à chaque fois, j'aurais une Audi et une villa de trois étages.

Piter lui expliquera plus tard qu'il ne fallait pas la tuer. Les vipères de Lataste ne sont pas venimeuses, tout ça ce sont des histoires à dormir debout. C'est toujours pareil, des préjugés et des peurs infondées, dit-il en secouant la tête d'un air triste. Elle s'imagine vraiment qu'une vipère de moins de cinquante centimètres va gâcher son venin, son précieux et rare venin, pour mordre un être humain ? Non, ce genre de vipère n'attaque jamais, à moins qu'on ne la harcèle comme ils l'ont fait.

— Qu'est-ce que j'étais censée faire alors ? demande Nat.

— Rien. La laisser tranquille. Ou l'attraper délicatement et l'emmener ailleurs. Elles vivaient ici avant nous, non ?

Nat lui donne raison – elle n'a pas le choix – mais se dit que même une vulgaire vipère a un droit de préférence sur le terrain. Alors qu'elle, peu importe la durée de son séjour ici, elle ne cessera jamais d'être une intruse.

Un soir, le vent tourne et la fraîcheur arrive. Nat est en train de lire sous le porche ; elle va d'abord chercher un chandail, puis se réfugie dans la maison, transie. L'instant d'après, d'énormes gouttes de pluie chaudes se mettent à tomber et en quelques minutes c'est un déluge qui s'abat, exhalant de la terre une odeur nouvelle et pleine d'espoir. Nat se réjouit comme une enfant. Elle sent qu'elle a enfin franchi une étape, la première et la plus dure, et que la pluie annonce le début de la suivante, pleine de promesses. Mais la joie est brève : juste le temps que les gouttières fassent leur apparition et qu'une flaque se forme au sol, grandissant à vue d'œil. Nat court chercher deux seaux ; quand elle revient, cheveux et vêtements trempés, il y a déjà de la boue à l'intérieur de la maison. Incroyable, se dit-elle. Que fait-on dans un cas pareil ? Et comment a-t-elle pu ne pas s'en rendre compte avant ? N'a-t-elle pas remarqué mille fois les taches jaunes au plafond ? Elle s'imaginait que c'était quoi ? Elle passe la moitié de la nuit à vider les seaux et à les repositionner, jusqu'à ce que l'averse se calme et qu'elle puisse se reposer un moment. Elle dort par intermittence, craignant qu'il ne se remette à pleuvoir, consciente que cette fois elle n'aura pas d'autre choix que de prévenir le propriétaire. Mais le lendemain, le ciel est radieux, sans l'ombre d'un nuage. Pourrait-elle remettre la question à plus tard ? Au moins à sa prochaine visite avec les factures ? Avec un peu de chance, il n'y aura pas d'averse d'ici là ; mieux vaut attendre, ne pas réveiller le monstre prématurément. Elle sait qu'elle s'invente des prétextes pour ne pas affronter le problème, tout en se disant : ce ne sont pas des prétextes mais des faits réels, le ciel n'est plus annonciateur d'intempérie, c'était juste l'orage d'été typique, rien qui justifie de s'inquiéter pour l'heure.

Ses pronostics se confirment : il ne tombe pas la moindre goutte les jours suivants. De sorte qu'elle parvient presque à occulter la question, mais pas tout à fait. Chaque fois qu'elle lève le regard au plafond, elle doit affronter les taches qui la dégoûtent tant, pareilles à un mélange d'urine et de chaux. Quand la fin du mois arrive et que le propriétaire débarque dans son bleu de travail crasseux, Nat les lui montre et il plisse les yeux pour les observer. Elle lui raconte ce qui s'est passé la nuit du déluge, l'histoire des flaques et des seaux. Elle lui explique que c'est à cause de ça que le plancher est pourri. C'est une preuve irréfutable, songe-t-elle, il ne pourra pas nier l'évidence.

— D'accord ma p'tite dame, mais des orages dans ce genre, y en a pas tous les jours.

— Pas tous les jours, non. Mais ça peut arriver. Je veux dire, il va sûrement pleuvoir cet automne, non ? Peut-être pas aussi fort, mais les infiltrations sont là et... – elle hésite – le parquet va être foutu.

Pendant qu'elle parle, le propriétaire regarde ses seins. Il le fait sciemment, pense Nat. Pour la déstabiliser. Pour l'humilier. La bouche tordue, il lui dit que ce n'est pas son problème, à elle, si le plancher pourrit. C'est pas sa maison, hein ? Elle est juste locataire, répète-t-il, une locataire qui n'a pas arrêté de se plaindre depuis son arrivée.

— Qu'est-ce que tu veux que j'y fasse, moi ? Tu crois qu'avec le loyer de merde que tu me paies, j'ai de quoi me lancer dans des travaux ?

Nat est hors d'elle, mais demeure incapable de montrer sa colère. Elle se veut tranchante, le ton de sa voix est pourtant fébrile et apeuré.

— Et donc ? S'il pleut à nouveau des cordes, je mets des seaux et puis voilà ?

— Exactement !

Il pointe un doigt sur elle, et elle perd pied. Elle a la gorge qui brûle, ça lui pique jusque dans les yeux. Va-t-elle se mettre à pleurer ? Non, elle ne doit pas laisser une telle chose arriver. Il faut qu'elle se retienne, d'une manière ou d'une autre.

— Je crois… tout ça n'est… ça ne me paraît pas normal.

— Ah non ? Ça te paraît pas normal ? Et qu'est-ce qui te paraît normal, ma p'tite ? Débarquer en pleine campagne avec le confort de la vie en ville ?

Il se met alors à parler au pluriel, agitant les bras dans tous les sens, tournant sur lui-même.

— Vous êtes toutes pareilles. Vous imaginez qu'ici, c'est le ciel étoilé la nuit et les jolis agneaux qui bêlent la journée. Et après, vous venez vous plaindre qu'y a des moustiques, et puis qu'il pleut, et qu'y a des mauvaises herbes. Tiens, je te l'ai trop baissé, ce loyer. Je te l'ai pas baissé, peut-être ? Tu te rappelles déjà plus ? Quand t'as eu des problèmes, je suis pas venu t'arranger ça ? Je suis pas venu réparer le robinet ? Oh mais là aussi, ça t'a paru horrible. Vous les bonnes femmes, y a personne qui peut vous comprendre. Bon, allez, j'ai d'autres chats à fouetter. Donne-moi l'argent du mois et fiche-moi la paix.

Nat paie et il s'en va en claquant la porte. Et là, oui, elle fond en larmes, enragée de ne pas comprendre ce qui l'effraie chez cet homme. Un type mal élevé et mesquin, sans aucun véritable pouvoir sur elle. Ne lui est-il pas clairement inférieur ? Ignorant, sale et misérable, quel mal pourrait-il lui faire ? Pourquoi est-elle aussi affectée ? Elle pleure et, en même temps, elle tente de se convaincre qu'il n'y aura peut-être pas d'autres infiltrations, qu'il suffira peut-être de mettre des seaux les jours de mauvais temps, que cette averse était probablement hors du commun, que c'est peut-être vrai qu'il n'y a pas de quoi s'inquiéter, elle pourrait s'en sortir comme ça pour quelques mois ; au bout du compte, c'est vrai que la maison ne lui appartient pas, elle finira par s'en aller tôt ou tard, et en attendant mieux vaut vivre tranquille, ne pas s'énerver, ne rien laisser la contrarier, ce sera sa façon d'être plus forte que lui, de garder le dessus.

Mais les taches parlent d'elles-mêmes. Cette fois, c'est l'Allemand qui les voit, quand il frappe à sa porte pour lui proposer une caisse de légumes. En la déposant dans l'entrée, il s'arrête devant le parquet abîmé, lève les yeux et observe attentivement le plafond.

— Il y a des fuites, là, constate-t-il.

Il s'exprime d'une façon particulière, entrechoquant les syllabes entre elles, avec une certaine brusquerie ou une certaine hâte. Sans croiser son regard, il lui demande une chaise et grimpe dessus pour voir de plus près. Nat examine ses bottes – rustiques et négligées, les mêmes qu'il portait le jour de l'assemblée – pendant qu'il lui explique l'origine du problème.

— Ça m'a tout l'air d'être dans cet état depuis un bon bout de temps. Il y a sûrement un paquet de tuiles cassées là-haut. Faudrait aller vérifier, voir si on peut arranger ça, mais je parierais que non. Quand les fuites sont superficielles, il suffit de couvrir les tuiles avec du béton ou de la chaux, mais là, je crains que ça soit plus compliqué. Il a dit quoi, ton propriétaire ?

— Qu'il n'y a d'infiltrations qu'en cas de grosse pluie. Que ce n'est pas son problème. Et qu'il ne va rien faire du tout.

L'Allemand descend de sa chaise, secoue la tête.

— Dès qu'il va se remettre à pleuvoir, même quatre gouttes, tu vas te retrouver inondée. Moi, je pourrais te réparer ça.

Nat apprécie qu'il ne donne pas son avis sur l'attitude du propriétaire. Elle apprécie qu'il ne la juge pas, qu'il ne qualifie pas la situation de juste ou d'injuste, qu'il ne la pousse pas à argumenter ni à défendre sa cause. L'Allemand s'en tient à la réalité des faits, il envisage la situation de front, sans interprétation. C'est précisément cette attitude qui l'autorise, elle, à s'épancher et à protester.

— Il abuse de me laisser réparer. C'est à lui de le faire, non ? C'est sa maison.

— Oui. Mais le problème, c'est toi qui l'as. Je peux t'aider, sérieusement. Je sais faire.

Pour le lui prouver, il détaille la marche à suivre : d'abord évaluer jusqu'où arrive la brèche ; puis chercher des tuiles similaires et recouvrir la zone concernée. Et enfin, canaliser l'excédent d'eau pour que ça ne se reproduise plus jamais, au moyen d'une gouttière ou d'un cheneau, on verrait en temps voulu. Mais ils ne sont pas amis, pense Nat. Elle devra le payer. Et combien ça coûte, ce genre de travaux ? Elle n'a pas beaucoup d'argent, et elle n'acceptera aucune faveur. Ce n'est pas qu'elle se méfie de lui, mais elle ne veut pas être redevable.

— Je ne sais pas si je peux me le permettre, dit-elle.

L'Allemand reste muet. Elle soupçonne qu'il ne va pas tarder à proposer de le faire gratuitement. Et pourtant, après quelques secondes, il répond qu'il comprend. Et qu'il ne serait pas tout à fait en mesure de calculer précisément les frais avant de commencer. Il ne veut pas la sauver d'un embarras pour la plonger dans un autre. Il hausse les épaules et la regarde dans les yeux, pour la première fois. Elle ne lit pas de déception dans les siens. Ni de résignation. Juste une ombre de timidité et d'amabilité, et peut-être de honte. Il est possible qu'il soit un peu juste financièrement lui aussi et qu'il ait vu là l'opportunité d'encaisser un petit extra. Nat trouve ça honnête, mais inenvisageable. Il ne lui reste plus qu'à croiser les doigts pour qu'il ne pleuve pas et à acheter des seaux plus grands, au cas où. Elle lui paie les légumes, le remercie et l'accompagne dehors.

Ce qui se produit à peine deux heures plus tard, Nat en conservera méticuleusement le souvenir, éprouvant la nécessité de fixer les détails pour ne rien oublier, pour empêcher la mémoire de pervertir, falsifier ou travestir les faits.

Dans son souvenir, un mot – *droit* – et une phrase – *le droit de sauver* – résonnent, un dialogue qu'elle était en train de traduire à cet instant-là. *Vous n'avez pas le droit de sauver qui bon vous semble,* protestait l'un des personnages, et l'autre de lui répondre : *Ce n'est pas un droit, c'est un devoir !*

Nat écrit précisément ces mots quand elle entend qu'on l'appelle. Elle se lève, sort, et c'est lui, l'Allemand, qui l'attend devant le portail sans le franchir alors que la grille est restée ouverte depuis son départ. Elle note qu'il a changé de tenue : il a troqué son pantalon gris délavé contre un autre bleu et propre, le tee-shirt noir orné d'une publicité pour un garage contre une chemise beige usée, presque transparente. Il ne sourit pas, mais n'a pas non plus la mine grave. Il donne plutôt l'impression de se concentrer sur ce qu'il va faire ou dire et qui ne semble pas forcément avoir de lien direct avec Nat. Elle en vient à penser qu'il a oublié quelque chose, ou qu'elle s'est trompée en lui payant les légumes, ou qu'il va finalement lui proposer de réparer gratuitement les fuites, comme elle l'avait supposé au début. Quand elle le voit lever les yeux vers les tuiles, elle est convaincue que la troisième option est la bonne. C'était prévisible, pense-t-elle, alors qu'à partir de cet instant, rien ne va l'être.

— Je ne veux pas que tu te fâches, dit-il.

Il reste là, à scruter les tuiles, les yeux plissés sous le soleil. Chienlit s'approche lentement, lui renifle le bas du pantalon.

— Me fâcher ? Pourquoi ?

Il cherche les mots adéquats, mais s'il prend son temps, ce n'est apparemment pas dû à la gêne suscitée par le message, mais plutôt à une hésitation quant à l'utilisation même du langage. Nat attend qu'il parle, intriguée et à la fois légèrement indifférente, comme si ce qu'il allait lui dire – ou lui proposer, puisqu'elle sait déjà qu'il s'agit d'une proposition – n'allait pas l'affecter.

— J'imagine que tu serais en droit de te fâcher. C'est un risque que je prends.

Ce n'est pas un droit, c'est un devoir ! pense Nat, mais elle sourit, l'encourageant à se lancer.

— Dis ce que tu as à dire. Vas-y, tout ira bien.

Et alors il le dit. Il dit qu'il est seul depuis très longtemps. Une très longue période sans femme, précise-t-il. Vivre à La Escapa ne facilite pas les choses. Ni avoir un caractère comme le sien, solitaire et taciturne – même s'il n'utilise pas ces adjectifs : il dit seulement *un caractère comme le mien*. Ce n'est pas qu'il en souffre. Il n'est ni triste ni déprimé, ça n'a rien à voir. Il se débrouille tout seul dans la vie. Ça a toujours été comme ça. Mais il est indéniable que les hommes ont certains besoins. À ces mots, sa voix se brise légèrement, mais il se reprend très vite. Il n'est plus tout à fait jeune non plus, poursuit-il. Dix ou douze ans de plus qu'elle – il la regarde, la jaugeant. Il ne se sent pas vieux, mais pas non plus assez vaillant pour conquérir qui que ce soit. Il a un sourire gêné et Nat devine que ce n'est pas à cause du sens de ses mots, mais de l'expression qu'il a utilisée, *conquérir*, si euphémique et désuète, si hors de propos. Pour chercher des femmes, corrige-t-il, et il cesse de sourire. Il ne veut pas non plus avoir recours aux prostituées. Celles de Petacas sont misérables, dit-il, tout ça lui répugne. Elle acquiesce machinalement.

L'affaire est très simple, continue l'Allemand. Ou devrait l'être. Bien que les hommes et les femmes n'aient pas l'habitude de l'exprimer dans ces termes. Personne n'ose parler clairement. La manière normale, ou disons habituelle, de s'y prendre est d'avancer avec des intentions cachées. Il se dit qu'avec elle, en revanche, il peut probablement parler sans détour. C'est juste une intuition, elle peut mal l'interpréter et se sentir offensée, voire l'interpréter correctement et se sentir également offensée. Il ne la connaît pas assez pour prévoir sa réaction, alors, la seule manière de savoir est de se lancer. Il attend quelques secondes, fouille dans son regard.

— Je peux réparer les tuiles si en échange tu me laisses entrer en toi un moment, dit-il.

Nat se répétera ces mots plus tard, encore et encore, jusqu'à craindre de les avoir inventés. Il ne dit pas *si en échange tu me laisses coucher avec toi*. Il a encore moins recours à n'importe quelle autre expression plus ou moins offensive qui aurait la même signification. Ce qu'il demande, c'est qu'elle *le laisse entrer*. Pas même *pénétrer en elle*, juste qu'elle *le laisse entrer*. Une manière étrange de formuler sa proposition, qui ne peut être attribuée à un mauvais maniement du langage – il n'est pas allemand, en fin de compte ! Le laisser entrer, se répète-t-elle. Un moment, a-t-il dit. *Un moment*. Elle cligne des yeux. Elle a besoin d'en entendre davantage, ou bien de l'entendre plusieurs fois pour comprendre. Mais son attitude à lui – bras ballants, jambes écartées, regard humble et fuyant – indique plutôt qu'il a fini de parler et qu'il attend désormais une réponse.

— Et comment ça se passerait exactement ?

L'Allemand l'observe un instant, s'efforce de sourire, mais le résultat se rapproche plus d'une grimace. Une grimace de soulagement ? De satisfaction qu'elle ne se soit pas mise en colère ? Nat ne saurait l'interpréter. Une seule fois, précise-t-il. Un moment, répète-t-il. Juste le minimum, dit-il ensuite.

— Je ne vais pas te casser les pieds. Je ne veux pas t'embêter. Tu n'es pas une prostituée, je ne veux pas que tu croies que je te considère comme telle. C'est juste – il hésite – que j'aimerais entrer en toi un moment. C'est aussi simple que ça. Tu t'allonges et je fais ça vite. Rien de plus. Il y a longtemps que je n'ai pas été avec une femme. Mon corps en a besoin. J'ai pensé que je pouvais te le demander.

Nat se souviendra aussi de ces mots plus tard. La froideur des énoncés, si courts, si tranchants. Leur sécheresse. Il aurait pu dire ce qu'on dit en général dans ces cas-là. Il aurait pu dire, par exemple, que Nat lui plaisait, qu'il se sentait attiré par elle, qu'il prenait un risque avec cette demande si directe parce qu'il avait du mal à réprimer son attirance. Mais cette fin – *j'ai pensé que je pouvais te le demander* – ne signifie rien. Il ne demande pas ça à Nat parce qu'elle lui plaît, mais parce qu'il suppose qu'à elle, il peut le demander. Mais alors, à qui ne peut-il pas le demander ? À qui ne le demande-t-il pas parce qu'il pense qu'il ne peut pas ?

Nat se laisse gagner par une irritation subtile mais spontanée, et par l'impatience. Cette réaction ne dure qu'un instant, mais elle est déterminante dans son refus qui jaillit, âpre et brutal, la surprenant presque elle-même.

— Merci, mais non.

D'accord, dit-il, et il s'en va tranquillement, sans insister, mais sans s'excuser non plus. Nat lui dit au revoir comme si, en effet, il ne s'était rien produit d'étrange.

Mais quand elle s'installe de nouveau à sa table, elle est incapable de se remettre au travail.

Elle en sera incapable pendant plusieurs jours.

II.

Il pleut. Ce n'est pas une pluie forte, mais douce et constante, sans variations. Ça commence à minuit. Nat force Chienlit à venir à l'intérieur, elle dispose les seaux et reste sur le qui-vive afin de les vider dès qu'ils sont sur le point de déborder. Une chaleur humide et poisseuse s'échappe des lattes du plancher, qui l'endort. Elle s'enfonce lourdement dans un rêve alambiqué, un rêve dont elle reprend le fil après chaque interruption, sans jamais réussir à le rompre pour de bon. Dans ce rêve, Chienlit s'est enfui et elle doit lui courir après, mais elle est pieds nus et tout ce qu'elle trouve à portée de main, c'est une grosse paire de bottes en cuir, comme celles de l'Allemand. Ce ne sont pas les chaussures les plus adaptées, elle avance difficilement car les bottes sont si lourdes qu'elle peut à peine soulever les pieds du sol. Peu importe la force de son désespoir, peu importe l'empressement qu'elle y met : elle a déjà perdu de vue le chien et entend seulement ses gémissements, de plus en plus faibles. Quand elle se réveille, elle se rend compte que les gémissements de Chienlit sont réels et qu'ils sont venus se mêler au rêve. Mais, et les bottes ? Sont-elles réelles aussi ? Réelles ou non, elles ne sont pas la solution à son problème, pense-t-elle.

Quand le jour se lève, la pluie disparaît, et la révélation aussi. Nat contemple le ciel. D'épais nuages noirs s'amoncellent au-dessus du Glauco ; il ne va pas tarder à se remettre à pleuvoir. Cependant, à présent, dans la pleine lumière du jour, elle est apaisée. Elle pense que ce n'est pas si grave, ces gouttières. Il suffit de réinstaller les seaux au bon moment ; il y a sûrement des gens qui vivent dans des conditions bien pires et qui vont de l'avant, sans se plaindre. La proposition de l'Allemand, sa voix – sa voix énonçant la proposition – résonnent encore dans sa tête, mais sans pour autant la déstabiliser. L'Allemand est là, dans son souvenir, tel qu'il se tenait sur le seuil de sa maison il y a quelques jours, s'exprimant avec une surprenante sérénité. Et elle le perçoit de la même manière, dépassionnée.

L'averse continue toute la semaine, mais sans qu'à aucun moment la situation ne devienne incontrôlable. Il pleut et ça s'arrête, il pleut et ça s'arrête, une calme alternance, bénéfique pour les cultures. Les fuites persistent néanmoins, car le toit n'a pas le temps de sécher entre une averse et la suivante. Nat passe des heures et des heures à surveiller les seaux, elle a tout juste le temps de sortir de chez elle pour acheter l'essentiel. Les journées se succèdent et la fatigue s'accumule. Elle regarde le ciel avec découragement, et une angoisse croissante se condense en elle.

Un jour, vers midi, profitant d'une accalmie et d'autres éclaircies se profilant à l'horizon, elle part se dégourdir les jambes. Chienlit l'accompagne jusqu'au portail, où il reste planté malgré ses appels insistants.

— Eh ben reste donc là, dit-elle, agacée. C'est ton problème.

Le chien la regarde s'éloigner sur le chemin. Bien que le temps se soit rafraîchi, Nat porte une tenue d'été, un simple short et un tee-shirt en coton. Elle croise les bras pour se protéger de l'air et poursuit sa marche, le visage au vent. Elle passe devant la maison de Piter sans même y jeter un coup d'œil. Elle avance d'un pas décidé, concentrée, presque comme un automate, mais elle ne serait pas assez stupide pour nier qu'elle sait parfaitement où elle va. En effet, elle sait où elle va, mais elle en ignore les raisons et les motivations, tout comme elle ignore d'où jaillit sa colère ou, davantage que sa colère, son irritation.

Une réflexion furtive lui traverse l'esprit, si rapide qu'elle n'a pas le temps de la saisir et de la comprendre. À propos d'échanges primitifs. Le troc comme relation sociale basique. Pourquoi pas, se dit-elle. Il y a là quelque chose de beau. Quelque chose d'essentiel et d'humain.

La maison devant laquelle elle s'arrête ressemble beaucoup à la sienne. Modeste, de plain-pied, aux fenêtres basses. La principale différence est que le terrain est situé à l'arrière, et non sur le devant, ce qui l'oblige à se tenir directement face à la porte, restée entrouverte. Elle se racle la gorge et frappe timidement. Elle se rend soudain compte qu'elle ne connaît pas le vrai nom de l'Allemand. Elle penche la tête, lance il y a quelqu'un, mais ça ressemble plus à une affirmation qu'à une question. Sa voix, de fait, sonne faux, comme si ce n'était pas sa voix, comme si elle lisait un rôle dans une pièce de théâtre. Il y a quelqu'un, répète-t-elle. En l'absence de réponse, elle entre dans la maison, qui sent le bois mouillé et le pain grillé. Il y a peu de meubles, du linge étendu sur un étendoir pliable, un petit poste de télévision obsolète sur une étagère. Un chat tigré l'observe, perché sur une table, parfaitement immobile. Nat passe devant lui, traverse la pièce et sort par la porte de derrière, qui donne sur le jardin. L'Allemand est accroupi devant des sillons de terre. En l'entendant, il se retourne et la regarde sans surprise, comme si son arrivée n'avait été qu'une question de temps. Il essuie la sueur de son front avec son avant-bras.

— Tu es venue, constate-t-il.

Il s'approche d'elle, hésitant. Nat l'observe, couvert de boue, lunettes sur le nez, transpirant, dégingandé, et elle se rappelle ce qu'il lui a dit quelques jours plus tôt – *il y a longtemps que je n'ai pas été avec une femme* – et se rend compte, à cet instant précis, de la portée de cette phrase au sein de la proposition, de la dimension que Nat elle-même acquiert en fonction de ces mots. Qu'est-elle sur le point de faire ? Du sexe par charité ?

— Tu as changé d'avis ? demande-t-il. Toute cette pluie t'a fait changer d'avis ?

Nat acquiesce.

— Tu veux maintenant ? Tu veux que ça se passe ici ?

Elle acquiesce de nouveau, instinctivement. Soudain, la question lui paraît déplacée, presque absurde, mais il lâche déjà ses outils, secouant les mains.

— Donne-moi une minute. Je vais me doucher.

Il lui sourit en passant le seuil de la maison : un sourire tendu, probablement honteux, bien qu'à la fois pétillant et vif. Elle reste dehors, à observer le jardin. Deux autres chats farouches, plus maigres que celui de l'intérieur, filent en direction de la cabane du fond, où sont stockés sacs, bois et outils. La terre dégage un puissant parfum de compost, ou d'ordures. Nat contemple le ciel, les nuages qui s'agglutinent au loin : bientôt, la pluie va s'abattre de nouveau. L'odeur, le vent sur sa peau, les tons verts et marron mélangés – feuilles et terre –, le goût âcre de sa salive – de sa nervosité –, tout ce qui la rattache à cet instant s'exprime à travers les sens, et pourtant le sentiment d'irréalité est écrasant, l'abstraction l'emporte sur le concret, comme si, davantage qu'être au préambule d'une nouvelle expérience, elle tournait une scène au milieu d'un décor, avec quelques acteurs : un vaste mensonge. L'Allemand n'est pas long à réapparaître. Il revient la chercher, les cheveux mouillés, coiffés en arrière. Il lui désigne les plants de poivrons qui sont morts sur pied.

— Ce qui va bien à certaines plantes est fatal à d'autres.

Elle comprend qu'il parle pour apaiser la tension. En réalité, avec ses commentaires, il l'augmente. Un filet de rage remonte jusqu'à sa bouche. Elle a besoin d'en finir au plus vite. Il semble s'en rendre compte, et la conduit à l'intérieur où, après l'avoir délicatement saisie par le bras, il lui montre une chambre plongée dans le noir. Il baisse la voix pour expliquer que c'est mieux ainsi, sans lumière. Il ne veut pas qu'elle se sente mal à l'aise, dit-il. Il ne veut pas qu'elle se sente gênée ni offensée, répète-t-il.

— On aura vite fini.

Une fois ses yeux habitués à l'obscurité, Nat distingue un petit lit, défait. Il lui demande de bien vouloir s'étendre sur le dos. Elle peut se dénuder tout entière ou simplement le strict nécessaire, selon sa préférence. Nat s'allonge, se déshabille de la taille jusqu'en bas, pendant que l'Allemand se tourne sur le côté, comme s'il préférait ne pas la regarder. Les draps sont légèrement humides mais propres, on dirait qu'il vient de les mettre sans leur avoir laissé le temps de sécher correctement. Toujours de dos, il lui explique ce qu'ils vont faire. Davantage que de l'indifférence, Nat découvre dans ses mots une sorte de détachement professionnel, on dirait qu'il tient à lui rappeler que cette rencontre relève de l'accord commercial. Néanmoins, au fond de sa voix, vibrent aussi l'incertitude, l'incapacité à réprimer totalement l'inquiétude. Nat éprouve alors une infime tendresse, un sentiment éphémère qui disparaît aussitôt. Elle pense que c'est un homme qui ne l'aurait jamais attirée et que c'est ainsi qu'il faut que ça se passe, dans la pénombre : un homme qui tente de dissimuler sa nervosité en retirant son pantalon et sa chemise ; une femme qui attend, prête à s'abandonner, sans bien comprendre la raison de cet abandon.

C'est comme ça qu'elle le perçoit à cet instant : comme une sorte d'abandon, de reddition. Quelque chose qu'elle lui cède en échange d'autre chose.

Tout se déroule selon le plan annoncé. Il est déjà très excité quand il se place au-dessus elle. D'abord sur les genoux, évaluant l'espace entre ses jambes, la tête penchée, sans regarder son visage. Nat distingue la forme de son pénis ; elle l'observe avec curiosité tandis qu'il déroule un préservatif et l'enfile d'un geste précautionneux. Puis il s'approche, lentement. Elle s'ouvre, soulève les hanches pour faciliter l'accès. Elle *le laisse entrer*. Elle le laisse être dedans. C'était sa requête : être dedans, un moment. Doucement, lentement, elle le sent dur à l'intérieur, lui râpant la peau quand il la touche malgré la délicatesse qu'il tente de mettre dans ses mouvements. Elle ferme les yeux. L'Allemand se tient le torse droit, bras tendus de chaque côté sur le matelas pour ne pas l'écraser de tout son poids, mais après il s'affaisse, glisse les mains sur ses flancs qu'il parcourt d'un geste retenu, jusqu'en bas du tee-shirt – où commence la chair –, sur la taille dénudée – où son geste s'arrête. Nat entend un léger grognement, sent la secousse de la décharge, et le laisse rester encore un peu dedans, tandis que son corps se détend. Il s'est remis à pleuvoir et les gouttes rebondissent en rythme sur la tôle métallique de la remise. L'un des chats miaule, plaintif, et l'Allemand s'écarte, s'habille et quitte la chambre pour qu'elle puisse à son tour se nettoyer et s'habiller tranquillement.

Dehors, ils ne parlent pas de ce qui s'est produit. Elle ne sait pas si le silence fait partie de l'accord. Elle ne sait pas si ça correspond, ou non, à ce qu'il avait imaginé. Tout ce temps sans avoir de femme, avait-il dit, et maintenant il l'avait eue, elle. A-t-elle comblé ses attentes ? Malgré la brièveté de la rencontre, la distance entre eux, a-t-il obtenu le plaisir qu'il cherchait ? Ces deux éléments, la brièveté et la distance, constituaient les conditions qu'il avait lui-même imposées. Peut-être avait-il pensé que c'était moins gênant ainsi, ou alors ces prémices répondaient à une préférence intime, à un choix.

Le besoin impérieux de connaître son nom l'assaille soudain. Un jour elle a entendu quelqu'un l'appeler Andrea, mais le doute demeure car Andrea est un prénom féminin. Peut-être est-ce Andreas, avec un *s* qu'ici, à La Escapa, personne ne prononce jamais. Pour autant qu'elle sache, c'est un nom d'origine grecque, mais il est possible qu'on l'utilise aussi en Allemagne. Ce qui expliquerait qu'ils préfèrent tous simplifier et l'appeler l'*Allemand*, tout court ? Nat ne va pas poser de question, si une chose est claire, c'est que ce genre de question est dénué de sens dans le cadre de ce qu'ils viennent de vivre. Elle caresse le chat tigré – qui s'avère être une chatte –, pendant que l'Allemand – ou Andreas, ou peu importe son nom – cherche un parapluie à lui prêter, car bien que la pluie redouble, il va de soi qu'elle ne veut pas rester là plus longtemps. Ou peut-être est-ce lui qui ne le souhaite pas ?

Quand ils se séparent, il ne la remercie pas. Comme il se doit, pense Nat, il ne s'agissait pas d'un acte de charité ni d'altruisme. Mais quand même, elle a le cœur pétrifié de froid et quelque chose lui manque. Peut-être, oui, un petit signe de gratitude.

Cette nuit-là, elle a dû mal à dormir, bombardée par ses propres doutes. S'est-elle comportée comme une pute ? Comment doit-elle interpréter ce qui s'est passé ? Comment une tierce personne le qualifierait-elle ? Si elle avait obtenu de l'argent sur le moment, de l'argent liquide, s'il en avait laissé par exemple sur la table de chevet, cela aurait-il une autre signification ? Pour elle, oui, vu qu'elle ne veut pas d'argent, qu'elle veut seulement qu'on lui règle ce problème de tuiles qui, en définitive, devrait être le problème du propriétaire. Mais la transaction économique ne serait-elle pas la même s'il avait donné de l'argent et qu'avec cet argent, elle avait embauché un maçon ? Le résultat ne serait-il pas identique ? Non, rien à voir, conclut-elle, car d'autres maillons se seraient ajoutés à la chaîne – l'argent, le maçon –, des maillons qui ne font pas partie du pacte.

Supprimer la question de l'argent, de l'argent visible et palpable, l'autorise finalement à ne pas qualifier de prostitution ce qui s'est passé. Néanmoins, les doutes subsistent. Ne cherche-t-elle pas un moyen de se justifier, de rendre pur ce qui ne l'est pas ? Croit-elle vraiment qu'elle devait en arriver là pour réparer les gouttières ? Ou a-t-elle simplement attendu que la pluie lui fournisse une excuse ? N'était-il pas possible d'obtenir l'argent d'une autre manière ? Si elle avait de quoi payer tous les vaccins et les traitements de Chienlit, pourquoi pas aussi ces travaux ? Elle aurait pu menacer le propriétaire de s'en aller s'il ne rafistolait pas le toit. Ou carrément s'en aller, d'ailleurs. Rien ne la retient à La Escapa. Ce genre d'endroits, il y en a pléthore dans la campagne environnante : forêts de chênes, cultures, sentiers. Des maisons pas chères, ce n'est pas ça qui manque, et sans fuites d'eau par-dessus le marché.

Elle essaie de considérer le problème de l'extérieur. De se contempler à travers les yeux des autres, l'observant et la jugeant. Personne ne goberait ses arguments. Pourquoi gober ça ? Les gens diraient qu'au fond elle l'a fait parce qu'elle en avait envie. Que ça lui a plu. Que dans le sexe, il n'existe pas de zone intermédiaire entre plaisir et dégoût : si elle n'avait pas ressenti de dégoût, alors il n'y avait aucun doute sur ce qu'elle avait ressenti. Aurait-il été plus digne d'avoir éprouvé de la répulsion, d'avoir été écœurée ou blessée, de s'être sentie utilisée ou humiliée ? Ou alors si la rencontre avait été plus longue ?

Ou s'il l'avait forcée à bouger, à sucer, à mordre ou à se contorsionner ?

Mais ça n'avait duré que quelques minutes. On ne peut pas se poser autant de questions en si peu de temps. Peut-être vaut-il mieux affronter les choses simplement, se dit-elle. L'Allemand a fait une offre ; à première vue, ça ne lui avait pas paru approprié, mais plus tard, si. Elle n'a pas à définir cet état de fait avec des mots. Il s'est montré précis et honnête. Il n'y a pas eu de détours, d'approche lourdingue comme celle de son voisin lors du barbecue. L'Allemand a exposé ses besoins, a déposé sa requête, a proposé un service en échange, un service dont, en outre, elle avait réellement besoin. La rencontre a été aussi froide qu'elle devait l'être, mais ni sordide ni dégradante. Elle tente de se rappeler le déroulé étape par étape, geste après geste. Qu'a-t-il dit, avec quels mots, à quel instant précis ? Ce qu'elle aurait pu redouter – la répugnance ou les remords – ne s'était pas produit. L'Allemand avait fait preuve de sensibilité. D'une délicatesse qu'elle n'aurait pas imaginée – elle doit le reconnaître – venant de lui, avec son allure pour le moins rustre, pas sophistiquée. Il a essayé de ne pas lui faire mal, retenant de ses mains son propre poids pour ne pas l'écraser, sans précipitation. Au souvenir de la scène, elle sent encore la chaleur entre ses jambes, une chaleur bien plus mentale que physique. Même si l'ensemble a été rapide, la sensation qui demeure est la lenteur. Comment l'expliquer ?

À partir de maintenant, elle devra à tout prix éviter les malentendus, ne pas le laisser imaginer qu'il y aura d'autres occasions, parce qu'il n'y en aura pas. À la moindre équivoque, elle sera ferme et le coupera net. L'éventuel attrait de ce qui s'est produit entre eux – elle décide ensuite qu'*attrait* est un terme inapproprié, et le remplace par *stimulation* –, l'éventuelle stimulation, pense-t-elle, réside dans le caractère unique de la démarche. S'il lui proposait une nouvelle rencontre fondée sur les mêmes prémices, ce serait radicalement différent, car la peau a une mémoire et répéter c'est approfondir ; la dernière chose qu'elle souhaite aujourd'hui, c'est approfondir.

L'Allemand se présente chez elle le matin avec sa fourgonnette et se met au travail. Nat lui propose un café ; il la remercie, mais non, il en a déjà bu. Tandis qu'il est à l'extérieur, estimant les dégâts sur les tuiles, elle s'installe devant son ordinateur.

— Si tu as besoin de moi pour quoi que ce soit, je suis là, dit-elle.

Puis elle pense à l'ambiguïté de ses mots, et se sent honteuse. Plus rien de ce qu'elle pourra dire ne sera innocent. Ce constat l'agace. C'est une conséquence qu'elle n'avait pas anticipée.

Avec lui dehors, si proche, elle est incapable de se concentrer. Elle met un temps infini à traduire chaque phrase, y compris les plus simples. En réalité, ce sont les plus simples qui opposent la plus grande résistance. Une fois de plus, surgit la tentation d'abandonner. Pourquoi s'engager dans une voie qui, de toute évidence, lui convient si mal ? Elle se lève plusieurs fois pour se regarder dans le miroir : cernée, pâle, elle n'est pas dans son meilleur jour, pense-t-elle. Elle se coiffe, se maquille un peu. Revient à sa place. Insiste, tournant sans fin autour du même paragraphe.

L'Allemand passe sa tête à la porte, la faisant sursauter. Il lui dit qu'il va à Petacas acheter de nouvelles tuiles, il connaît maintenant la quantité nécessaire. Quand il reviendra, il devra aussi travailler à l'intérieur de la maison, il espère ne pas déranger, il fera au plus vite. OK, dit Nat, et un frisson la saisit quand il s'en va. Ne pas déranger, faire vite : les mêmes expressions qu'il a utilisées la veille, d'ailleurs prononcées sur le même ton, cet empilement incohérent de syllabes. Ne sait-il donc pas s'exprimer autrement ?

La réparation l'occupe toute la journée. L'Allemand imperméabilise la surface, aussi bien à l'intérieur qu'à l'extérieur de la maison, et installe les nouvelles tuiles qu'il a achetées. Ainsi qu'un chéneau, lui explique-t-il, afin de diriger l'écoulement quand il pleut et éviter que l'eau s'accumule sur le toit. Nat n'a aucune idée de ce qu'ont coûté les tuiles, le chéneau et la peinture imperméable, ni les autres produits qu'il a utilisés et dont elle ignore complètement la fonction. Tout ce matériel ajouté aux heures de travail, au savoir-faire et aux connaissances nécessaires équivaut au prix qu'il a fixé à son corps la veille. Est-ce beaucoup ? Est-ce peu ? Il n'a pas fait le moindre commentaire à ce sujet. Il n'a dit que le strict minimum. Il a seulement fait des pauses pour fumer, en flânant sur le terrain dans un silence total. Nat pense : il veut me laisser tranquille, il croit qu'il me dérangerait sinon. Mais ce qui la dérange en vérité, c'est sa réserve. Quelle froideur, se dit-elle. Et en même temps : qu'espérait-elle ? De la chaleur ? Si le contraire s'était produit, s'il s'était montré affectueux, voire suggestif, comme pour lui rappeler qu'il a eu accès à son intimité et que cette étape ne peut être effacée, ce serait pire, bien pire.

Sa rage augmente à mesure que passent les heures. Elle est incapable de traduire, de lire, incapable de trouver d'autres distractions, même la présence de Chienlit l'agace. Quand elle voit enfin l'Allemand rassembler ses affaires, elle envisage la possibilité de lui proposer une bière, mais il penche de nouveau sa tête à la porte pour dire au revoir – sans entrer, sans même franchir le seuil –, et elle renonce. Il a sûrement mieux à faire, pense-t-elle. S'occuper de son jardin, par exemple. Ou n'importe quel boulot, n'importe quelles réparations du même genre que ce qu'il vient de réaliser pour elle. Elle lui dit au revoir à son tour avec indifférence et finit quand même par le remercier, alors qu'en réalité, se dit-elle, elle s'est encore trompée : ce n'est pas elle qui devrait remercier, mais lui.

— J'ai vu l'Allemand bidouiller sur ton toit, hier, lui dit Piter.

Il prononce *bidouiller* avec un mépris subtil, et Nat, comme prise en faute, se répand en explications. Il y avait un petit problème de gouttières et il l'a réparé, dit-elle. Il ne m'a pas pris bien cher et il a fait du bon travail, propre et rapide – une seconde après avoir prononcé ces mots, elle rougit : *propre et rapide*. Non mais sérieusement, c'est elle qui a dû le payer ? demande Piter, scandalisé. Non, bien sûr que non, le propriétaire prendra les frais en charge. Le sourcil froncé – une mimique qu'il utilise fréquemment –, Piter affirme que l'Allemand est un bon à rien. Il ne comprend pas pourquoi elle a appelé ce type au secours alors qu'il aurait très bien pu l'aider, lui. Des gouttières, ce n'est vraiment pas la mer à boire.

— Je crois qu'il a fait du bon travail, insiste Nat. Ça lui a pris toute la journée. Il n'a pas compté ses heures.

— Ça ne veut rien dire. Y passer des heures n'est pas synonyme d'être consciencieux. Ça peut aussi être la preuve de son incompétence. Ou de son culot : c'est comme ça qu'il justifie les dépenses. Il t'a pris combien ?

Nat bredouille.

— Je t'ai déjà dit, c'est pas moi qui l'ai payé.

— Mais tu ne sais même pas combien il va toucher ?

— Je n'en ai aucune idée, il a vu ça avec le propriétaire.

— Tout à l'heure, tu as dit que c'était pas cher.

— Oui, bon, c'est une déduction. Vu la radinerie du propriétaire, il s'agit sûrement d'une petite somme.

— Un accord entre l'Allemand et le propriétaire ! Piter fait claquer sa langue. Je ne comprends pas comment tu peux avoir confiance.

Nat rit, admet son erreur, mais bon, qu'est-ce qu'elle y peut ? dit-elle. Elle ne sait pas si l'Allemand est un bon à rien, mais un gars bizarre, ça, il n'y a aucun doute. Pourquoi l'appelle-t-on l'Allemand ? Ce n'est pas Andreas son prénom, ou quelque chose d'approchant ? Si, Andreas, confirme Piter. Sa mère était allemande, ou kurde, ou une Kurde qui vivait en Allemagne, il ne se rappelle plus. Mais lui, il est né là-bas, en Allemagne ? Non, il ne pense pas, il n'en sait rien. Le type est arrivé à La Escapa il y a cinq ans environ, il n'a lâché aucune information sur son passé. Il est toujours seul, il bosse en fonction des opportunités qui se présentent et, oui, il insiste, c'est un bon à rien. D'après ce qu'il sait, il a travaillé comme coffreur à Petacas, et livreur aussi. Il fait des réparations de plomberie, des petits travaux, ce genre de choses. En ce moment, il se consacre à son potager. Trois fois rien, tout juste de quoi vivoter. Mais il ne parle à personne, n'a pas d'amis. Le fait qu'il soit réservé n'est pas une excuse valable aux yeux de Piter. Dans un endroit aussi petit que La Escapa, un tel isolement paraît suspect. C'est pour ça, et pour deux ou trois autres choses encore, qu'il lui conseille de ne pas se montrer trop confiante.

— Quelles autres choses ?

— Je ne sais pas, des trucs qu'il fait ou qu'on m'a dit qu'il avait faits.

— Comme quoi ?

— Oh, Nat, là tout de suite, je me rappelle plus.

— Si tu ne t'en souviens plus, à quoi bon le balancer sur ce ton, comme si c'était super grave ?

Piter sourit, mais plutôt que d'instaurer de l'intimité, son sourire produit l'effet inverse : il exprime la distance de celui qui en sait davantage, ou qui laisse entendre qu'il en sait davantage.

— Ce que je ne comprends pas, c'est cet intérêt soudain de ta part. Qu'est-ce que t'en as à faire, de l'Allemand ? Tu as l'air sur la défensive.

Nat sourit à son tour. Simple curiosité, assure-t-elle. Après tout, il a passé toute la journée chez elle. Et, oui, elle doit bien le reconnaître : son silence est assez singulier. Il n'a pas dit un seul mot, au-delà du strict minimum.

Le bruit de la pluie la réveille. C'est un tambourinement capricieux et désordonné, les gouttes tombant sur le chéneau qu'a acheté et installé l'Allemand, le chéneau qui, d'après lui, conduira l'eau directement jusqu'au sol et évitera qu'elle s'accumule sur les tuiles. Ce bruit ramène Nat au jour où elle était chez lui, quand la pluie tombait sur la tôle métallique de la remise. Il avait glissé ses mains sur ses flancs juste au moment où il s'était mis à pleuvoir – la seule caresse qu'elle avait reçue –, des aisselles à la taille, du tissu de son tee-shirt à sa peau dénudée, d'un geste lent et doux. Elle sursaute à ce souvenir. Elle allume la lumière et tente de lire, mais c'est inutile. Un frisson lui parcourt la colonne vertébrale. Elle est nerveuse, comme une bête en chaleur. Que lui arrive-t-il ?

À l'aube, elle se remet à la traduction. *Ce n'était pas une vision. J'ai touché sa chevelure...* Les mots résonnent dans sa tête un bon moment : creux, muets, informes, jusqu'à ce qu'ils commencent à prendre sens, tous les sens possibles. Toucher ou caresser la chevelure ? *Toucher* sonne mal, mais c'est ce qui se rapproche le plus du texte original. S'il s'agissait de caresser, l'auteure n'aurait-elle pas été plus explicite ? Et la chevelure ? Pourquoi pas les cheveux ? N'est-ce pas plus naturel, après tout, de caresser, de toucher les cheveux ? Comment aurait-elle dit, elle ? Toucher la taille ou caresser la taille ? Quelle différence y a-t-il entre toucher et caresser ? Elle traduit : « Ce n'était pas une vision. J'ai touché ses cheveux. » En se relisant, elle sent monter le dégoût en elle. Elle se lève et arpente la pièce. Chienlit la suit du regard, mais ce n'est pas un regard neutre : on dirait qu'il y a du jugement dans ses yeux.

Quelques heures plus tard, quelqu'un l'appelle au-dehors, son prénom clairement prononcé. L'Allemand est de l'autre côté de la clôture : patient, solide, calme, en tenue de travail, lunettes portées bas sur le nez. Il vient juste demander comment ça va. Après l'averse d'hier soir, répète-t-il, est-ce que ça va. C'est donc ça, pense Nat. Juste ça ? S'inquiéter du chantier ? Elle répond d'une voix rugueuse.

— Bien, merci. Pas la moindre goutte à l'intérieur.

Il esquisse un sourire en coin : la satisfaction du travail bien fait. C'était sa seule motivation pour se déplacer jusqu'ici, pense Nat. Rien d'autre ? Vraiment rien ? Il ne s'imagine pas lui devoir une excuse, une explication, un témoignage de gratitude au moins ? Nat aimerait en parler, mais se contente de répéter : parfait, pas une goutte. Très bien, dit-il, c'est exactement ce qu'il voulait entendre.

— Tu me préviens s'il y a le moindre problème, ajoute-t-il avant de faire demi-tour sur le chemin.

Nat reste immobile. Furieuse. Elle ne veut pas qu'il parte, et en même temps elle a besoin qu'il s'en aille immédiatement. Elle déteste le ton de sa voix, ce manque absolu de tact dans le choix des mots. S'il y a le moindre problème, a-t-il dit. Et les autres problèmes, alors, qu'est-ce qu'on en fait ? Il y a très longtemps qu'elle ne s'est pas sentie aussi mal, aussi misérable.

À quoi ça rime, de se présenter chez elle sans prévenir ? De quel droit se pointe-t-il ainsi ? Tout le monde fait ça à la campagne, d'accord, mais quelle habitude incorrecte ! Elle était tranquille – ou s'efforçait de l'être –, elle ne voulait voir personne, et encore moins le voir, lui. Puis voilà qu'il débarque et elle – les cheveux sales, le visage sale, en pyjama – se retrouve contrainte de se comporter comme si tout était parfaitement normal, ravalant son orgueil, simulant une relation de bon voisinage tout à fait amicale après avoir réalisé un banal troc – du sexe en échange de la réparation du toit. C'est quoi, ce délire ? L'accord, la tolérance, comment ça va, ça s'est bien passé avec la pluie, tu me préviens s'il y a le moindre problème. Il ne se rend même pas compte que je suis en colère, pense Nat. Incroyable. Il l'a mise dans son lit il y a deux jours et là, il la regarde avec une froideur totale, comme s'il regardait une chèvre ou un chien. Peut-être qu'il regrette lui aussi ce qu'il a fait maintenant, après l'avoir vue en plein jour. Tout ce temps sans femme pour finir avec elle, cette cradingue.

En route pour le magasin, elle aperçoit Joaquín et Roberta. Les deux vieux avancent difficilement sur le bas-côté boueux, bras dessus bras dessous. Nat n'a aucun mal à les rattraper. Ils ne vont nulle part en particulier ; disons plutôt qu'ils se baladent ou déambulent sans but. Joaquín lui explique que c'est pour se dégourdir les jambes. Le médecin leur a recommandé la marche : c'est bon pour la santé, aussi bien physique que mentale, et sur ces mots, il lui adresse un clin d'œil complice. Roberta semble signifier à Nat qu'elle la reconnaît, elle lui adresse un sourire affectueux et la salue poliment. Mais Nat voit bien qu'elle a du mal à la situer ; par moments, elle la confond avec la fille du magasin, puis avec une certaine Sofía, qui doit être quelqu'un de sa famille. Elle s'exprime de manière correcte, ordonnée, employant un vocabulaire précis et des structures complexes, mais ce qu'elle dit n'a aucun sens, il y a un fossé immense entre la logique du langage et celle de la réalité. Joaquín hausse les sourcils d'un air expressif, comme pour s'excuser. Roberta s'enquiert alors du chien.

— Le chien ?

— Oui, le chien tout maigre. Il va mieux ?

Nat se réjouit que la conversation revienne en terrain connu.

— Je l'ai emmené chez le vétérinaire. Il est vacciné maintenant et il mange son content de croquettes. Je crois même qu'il a un peu grossi. Mais il se méfie toujours de moi. Il est probable qu'il ait été maltraité.

— Avec les briques.

— Les briques ? Je ne sais pas, ou des pierres ou… Allez savoir.

Roberta plante ses yeux purs, très sombres, dans les siens.

— Non ! Pas le chien ! L'Allemand et les briques !

L'Allemand. Impossible qu'elle ait mal compris. La vieille femme l'a clairement nommé.

— Qu'est-ce qui se passe avec les briques ? dit Joaquín.

— Tout !

Mue par son désir de se faire comprendre, il y a maintenant de la frustration dans sa voix. Elle pointe Nat du doigt.

— Elle lui donne des fruits et lui, il pose les briques.

Nat est stupéfaite, aucun son ne sort de ses lèvres entrouvertes. Le vieil homme insiste.

— Des fruits ? Ils ne viennent pas d'elle, les fruits. Ils viennent de l'Allemand. De son jardin. C'est lui qui les vend. Nous aussi, on en achète. Tu ne te rappelles pas ?

Roberta rit tout bas, comme si un souvenir très drôle lui était revenu. En murmurant entre ses dents, la tête inclinée, elle répète : *elle lui donne des fruits et lui, il pose les briques.* Nat essaie de comprendre. La vieille femme a dû voir Andreas sur le toit, comme Piter l'a vu lui aussi, comme d'autres personnes de La Escapa ont dû le voir. Peut-être que lorsqu'elle parle de briques, elle fait référence aux tuiles. Mais à quoi fait-elle référence avec les fruits ? Aux légumes du potager ? À autre chose ? Elle secoue la tête.

Elle ne devrait pas accorder d'importance aux propos d'une vieille folle. C'est elle, c'est sa propre susceptibilité, qui la pousse à tout interpréter selon une perspective erronée.

Elle se présente le soir, mais cette fois elle n'a pas agi sur un coup de tête. Elle y a longuement réfléchi et a pris le temps de se préparer : s'épiler, prendre une douche, se laver les cheveux, les sécher, se parfumer, choisir les vêtements dont elle pense qu'ils la mettent en valeur. Une part d'elle est consciente de la contradiction de ses préparatifs. Si tout ce qu'elle espère, c'est parler – jouer cartes sur table, éclaircir la situation ou une autre expression du même registre –, inutile de se pomponner ainsi. Mais l'un n'empêche pas l'autre, se dit-elle ensuite, comme si elle se défendait devant un juge. Elle sort de chez elle nerveuse, la poitrine serrée. Elle prend la voiture car la nuit est tombée et, pour le moment, les pétitions des voisins en vue d'améliorer l'éclairage sont restées vaines. Elle conduit lentement, en essayant de ne pas faire de bruit ; son projet consiste à apparaître soudain à sa porte, sans prévenir, pour lui rendre la pareille. Mais le silence est total – plus dense, plus profond que jamais – et tout ce qu'elle fait à son arrivée – freiner, couper le moteur, enclencher le frein à main – acquiert une résonance qui joue en sa défaveur. Marchant délicatement sur le gravier, elle s'approche de la maison et frappe à la porte, car il n'y a pas, ou elle ne trouve pas, de sonnette. Elle entend le volume du téléviseur qui faiblit et les pas de l'autre côté. L'Allemand ouvre la porte, la regarde d'un air surpris, lui demande ce qui se passe. En le voyant, en le regardant droit dans les yeux – son air mou et buté, comme incapable de comprendre de quoi il retourne –, Nat ressent le coup de fouet de la colère, de la rancœur aussi, et craint de faire une fois de plus fausse route. D'une voix altérée, elle lui propose de discuter quelques minutes. Bien sûr, pas de problème, répond-il, et il baisse encore le volume de la télé – plutôt que de l'éteindre –, fait de la place sur le canapé pour qu'elle s'assoie – il écarte les coussins, déloge la chatte tigrée –, lui demande si elle veut boire une bière – elle répond non –, puis s'installe en face, sur un fauteuil moche et usé – ce qui lui donne le temps, à elle, de faire ce constat : qu'il est moche et usé.

Mais ils ne vont pas discuter. Pas à cet instant, ni durant les heures suivantes, ni durant le reste de la nuit.

À partir de ce jour, le cours de ses pensées change radicalement. Elles ne suivent plus le même cap qu'auparavant mais vagabondent librement vers d'autres lieux, sans que Nat puisse les maîtriser.

C'est comme un film qu'elle se projette. Dans sa tête défilent des images d'Andreas et elle, d'elle et Andreas, au lit. Son corps à lui, son corps à elle, chaque mouvement, les plis des draps, chacune des – rares – paroles qu'ils ont échangées. Le film s'achève trop vite, il est désespérément bref, elle le visionne encore et encore, se délecte du moindre détail, rallonge les plans l'un après l'autre pour qu'ils durent plus longtemps, inclut les scènes antérieures – son arrivée chez lui – et les scènes postérieures – l'au revoir, son départ –, bien que ces dernières lui laissent un goût amer et trouble. Ça reste bien peu. Bien loin de lui suffire. Nat ne comprend pas vraiment pourquoi elle veut prolonger ce film. C'est un besoin qu'elle n'a pas encore pris la peine d'analyser. Elle le porte en elle, tout simplement, l'emmène partout, incapable de se débarrasser d'images qui se sont gravées au fond d'elle et se retrouvent projetées à travers ses yeux, où qu'elle aille, là où son regard se pose.

Est-ce une obsession ? Oui, sans nul doute, c'est une obsession. Mais pas seulement, se dit-elle. C'est un rapt, une métamorphose, une transformation radicale du tableau prévisible. Ce qui était à l'extérieur, au loin dans le paysage, ce qui était invisible et sans intérêt, est désormais en elle, la hante, l'ébranle.

Tout a changé de rang. S'est intégralement déréglé.

Pour trouver l'explication, elle doit invoquer un fait étranger à elle, une force externe. La première fois, le jour où ils ont scellé cet accord singulier, Andreas lui a inoculé son venin – voilà ce qui s'est passé. Nat n'était pas consciente du piège, mais quand elle s'est habillée et s'en est allée, elle le portait en elle, et le venin a continué de se répandre dans ses veines, ses effets dévastateurs l'ont envahie. Depuis ce jour, dépossédée de sa volonté, elle n'a pas d'autre choix que de revenir : le venin exige davantage de venin, il n'y a pas d'antidote possible. Elle n'a pas choisi Andreas, ne l'a pas cherché : il s'est imposé. Elle devrait se rebeller, mais il est impossible de lutter contre cette exigence : elle est coincée. C'est ainsi que la situation lui apparaît à présent. C'est son interprétation, une interprétation infantile et magique – elle est consciente de son inconsistance –, mais terriblement pratique pour s'épargner toute tentative de résistance.

Car pourquoi résister ? se demande-t-elle. Qu'a-t-elle à gagner ? Qu'a-t-elle à perdre ?

Elle décide d'y retourner encore une fois. Et une autre. Et une autre. La pellicule s'agrandit de plusieurs mètres, s'allonge peu à peu. Mais jamais assez.

Il la reçoit toujours de bonne grâce. Il n'est plus question d'un accord froid, qu'on peut mener à bien en cinq minutes. Désormais, ils passent des heures et des heures ensemble, s'endorment, recommencent. Les pauses n'ont qu'une seule finalité, reprendre des forces, sauf quand arrive l'heure de partir, et même alors, il n'y a pas de fin, il n'y a jamais de fin. Nat n'avait jamais rien connu de semblable, pas de cette manière. Cet homme, Andreas, extrait d'elle une chose totalement inédite, une chose intarissable et obsessionnelle. Les hommes ne sont-ils pas censés, à partir d'un certain âge, se fatiguer plus vite ? Andreas est infatigable.

Et pourtant, il n'est pas aussi avide que Nat, ou pas aussi avide qu'elle l'avait imaginé au vu des circonstances. Il ne manifeste pas la nervosité et le tourment de la chair qu'elle a constatés chez d'autres hommes – ni cette part d'ombre, quand la porte de la chambre se referme. Pas plus que le désir de s'imposer, de gagner cette guerre subtile, non déclarée, jumelle parfois de l'impuissance. La sexualité d'Andreas est celle d'un homme simple, pense-t-elle, d'un homme pacifique. Sur le chemin qu'ils parcourent ensemble, il n'y a pas d'angoisse, pas de peur ni d'obscénité, il n'y a pas de timidité ni d'outrage. Nus, l'un près de l'autre, ils sont comme frère et sœur. Nat n'a pas besoin de traquer l'orgasme ni de s'agripper désespérément aux bords du lit en demandant grâce. Il lui suffit de suivre les signes qu'envoie son corps, instructions exactes et délicieuses, pour atteindre l'apogée à coup sûr. Son corps a acquis une telle sagesse, de manière instinctive, que peu importe que cet homme lui soit inconnu. Est-ce un savoir secret, sacré et insaisissable qui les unit ? Dans ce cas, il s'agit d'un lien religieux, pareil à celui qui unit les membres d'une secte, excluant le reste du monde : les profanes, les débutants, les ignorants.

Et néanmoins, une fois l'acte terminé, ils sont incapables de se regarder dans les yeux, et alors surgissent la gêne et les airs de défiance. Nat l'observe en douce, fascinée par ce corps qui lui a appartenu et qui là, soudain, redevient étranger. Son propre corps se laisse intimider, il prend aussi une autre forme – ou une forme opposée –, comme si le mirage de l'agilité et de la beauté se désintégrait dans le néant. Quand elle se sert un verre d'eau dans la cuisine, en lui tournant le dos, ou lorsqu'ils s'assoient l'un en face de l'autre sous la lumière jaunâtre de la vieille lampe au plafond, leurs corps ont déjà rompu leur alliance, sont redevenus ennemis.

Il suffit d'un frôlement, d'un nouveau rapprochement, pour que l'engrenage se remette à tourner. Remords et désir, soif et vertige s'alternent, telles les dents du rouage.

Nat la distante, Nat l'impassible, la brutale, s'est transformée en un être affamé. À tel point qu'elle doit se refréner pour ne pas venir à toute heure et pour ne pas rester dormir chez lui. Il ne l'a pas proposé et elle se convainc que c'est mieux ainsi : préserver le charme de l'illicite, se retrouver par intermittence, dans la clandestinité, même si une part d'elle adorerait qu'Andreas la presse de rester davantage – ou au moins qu'il insiste ! – et qu'elle ressent toujours une pointe de déception quand il la regarde s'éloigner sur le chemin, sans rien tenter pour la faire changer d'avis.

Du sexe ? Ce serait juste une question de sexe ? Si elle en croit ce qui vibre sous sa chair, ce tremblement insistant et tyrannique, tout tend à prouver que oui. Mais elle refuse de réduire les choses à ça. Pour elle, le sexe a toujours été secondaire. Agréable, oui – parfois –, mais tout de même agréablement secondaire : elle pouvait le reléguer sans problème, elle pouvait l'oublier, voire le rayer totalement de sa vie. Curiosité et froideur, tout à la fois : il en a toujours été ainsi. Les hommes qui l'avaient intéressée étaient très différents d'Andreas. Elle aimait écouter leurs histoires – ou se balader, ou regarder un film, ou se soûler ensemble et rire –, bien davantage que coucher avec eux, en général. Et elle finissait toujours par se lasser de tout ça, mais d'abord et surtout de coucher. Son corps se refusait au contact, indocile, désobéissant. Froide, lui avait-on dit une fois, comme une accusation qui ne concernait pas uniquement son corps mais son être tout entier.

Quand elle était petite, un homme, un voisin, avait abusé d'elle à plusieurs reprises. Le sentiment qui dominait Nat après ces épisodes était la perplexité – un peu de culpabilité, un peu de peur, mais surtout de la perplexité –, même si dès qu'elle parvenait à lui échapper, elle reprenait sa vie comme si de rien n'était. L'homme l'asseyait sur ses genoux, se frottait contre elle. Il ne lui faisait pas mal. C'était un type gentil pour lequel les parents de Nat avaient beaucoup d'affection, un homme âgé – c'est le souvenir qu'elle en garde, âgé, alors qu'il n'avait probablement guère plus de cinquante ans –, solitaire, mélomane, avec des petits yeux généreux, dont la femme était morte d'un cancer quelques années plus tôt. Nat ne pouvait pas dire du mal de lui à ses parents, ne s'estimait pas en droit de le faire. Bien qu'elle se mît à l'éviter, elle éprouvait elle aussi, à sa façon, de l'affection à son égard. Tout cela avait-il conditionné sa sexualité future ? Nat n'en est pas convaincue, malgré ce qu'on dit souvent des cas similaires au sien, cette histoire de marque indélébile de l'enfance. Et si c'est vrai, si cet homme a fait d'elle un être indifférent et insensible, tout a changé aujourd'hui de manière inespérée grâce à un autre homme.

Piter lui téléphone avec insistance. D'abord Nat prétend qu'elle est occupée, puis qu'elle ne se sent pas bien, elle a extrêmement mal à la tête, et à la nuque et au dos, ce n'est pas bon de passer autant d'heures assise, à traduire. Ses excuses sont maladroites et discourtoises, elle le sait, mais elle lui expliquera tout plus tard, pense-t-elle, alors que les jours passent et qu'elle n'en trouve pas l'occasion. Un jour où elle est sur le point de partir, Piter surgit à la porte de la maison.

— Mais quelle surprise ! dit-il.

Il l'observe de la tête aux pieds, souriant mais le sourcil froncé, comme s'il tentait de déchiffrer une énigme. A-t-elle le temps pour une bière ? lui demande-t-il. Il va à Petacas faire des courses. Elle pourrait l'accompagner, et ils boiraient un coup ensemble, qu'est-ce qu'elle en dit ?

Nat tarde à répondre. D'un coup, une proposition aussi simple et banale que celle-ci lui paraît extrêmement difficile à affronter. Elle fait non de la tête avant de parler. Un autre jour, dit-elle ensuite. Un autre jour ? répond-il en riant. Il est venu plusieurs fois la chercher sans jamais lui mettre la main dessus. Qu'a-t-elle de si important à faire ? À ce qu'il voit, elle est toute prête et pomponnée, elle n'a plus qu'à attraper son sac. Elle n'a même pas besoin de prendre de l'argent : c'est lui qui régale. Mais peut-être qu'elle a un autre projet sur le feu ?

— J'allais me dégourdir les jambes. C'est tout.

— Viens te les dégourdir avec moi !

— Non, vraiment, une autre fois. Je préfère être seule.

Il lève les mains en signe de paix. Pas de souci, dit-il, il n'a pas l'intention de l'ennuyer. Il n'en a jamais eu l'intention. Il avait pensé qu'un peu de compagnie lui ferait du bien, surtout si, comme elle le dit, elle a passé des journées vraiment pénibles, toute seule et souffrante. Ou alors elle a trouvé de la compagnie ailleurs ? Peut-être bien qu'elle n'est pas si seule que ça.

— Tu n'as pas à me cacher quoi que ce soit, tu sais.

L'inquiétude se faufile à travers Nat. Piter n'a pas utilisé un ton de reproche ; au contraire, il s'est montré aimable et sympathique, sans dépasser les limites de cet esprit taquin qu'on utilise pour s'asticoter entre amis. Mais au fond, il y a l'idée d'obligation morale : Nat ne devrait pas mentir à quelqu'un qui s'est si bien comporté avec elle. Alors elle lui demande pardon. Elle reconnaît qu'elle lui doit quelques explications. Elle l'assure qu'elle les lui fournira plus tard, dès que ce sera possible. Piter, conciliant, approche une main de son bras. Pas de problème, dit-il, les doigts tendus prêts à la caresser. Nat recule inconsciemment, l'empêchant de la toucher.

— Faut vraiment que je m'en aille. Je te raconterai tout, répète-t-elle. Promis.

— Et surtout les détails.

— Pardon ?

— Tu me raconteras surtout les détails. L'essentiel, je le sais déjà.

— Comment ça ?

— Pour toi et l'Allemand.

Nat reste figée tandis que Piter sourit, goguenard. C'est quoi, l'essentiel ? Fait-il allusion à ses visites à Andreas – ces visites privées, répétées – dont il aurait déjà eu vent ? Ou également à ce qu'il y a derrière, à l'accord à propos des tuiles ?

Chienlit observe la scène à quelques mètres de distance, en position hiératique, les oreilles dressées, les yeux plissés. Anubis, pense-t-elle vaguement : peut-être devrait-elle l'appeler Anubis, le chacal des embaumeurs, un dieu au port étrange, mais un dieu en fin de compte. Piter la tire de sa distraction. Son visage calme et raisonnable a retrouvé son sérieux. Il se caresse la barbe comme s'il réfléchissait en parlant, pour souligner l'importance de ses paroles.

— On est à La Escapa ici, ma chère. Une poignée de maisons au milieu de nulle part. Qu'est-ce que tu croyais ? Que personne ne s'en rendrait compte ? Mon seul souhait, c'est que tu ailles bien.

— Je vais bien.

— C'est tout ce que j'espère. Si tu vas bien, je n'ai pas d'avis à donner. Oublie notre conversation de l'autre jour.

— De quoi tu parles ?

— L'autre jour, quand tu m'as posé des questions sur lui et que je t'ai fait part de ma méfiance. Tu m'as tiré les vers du nez à mon insu, pas vrai ?

Elle rougit alors que Piter s'empresse d'affirmer – une fois de plus – qu'il ne l'a pas mal pris, qu'il comprend très bien et qu'il n'a rien à objecter, *dans la mesure où elle va bien*.

À quoi rime cette insistance ? Y a-t-il un avertissement derrière ces mots ? Quand Nat lui dit au revoir, c'est avec une inquiétude ténue, presque insignifiante, car à cet instant la hâte – le désir – de filer est plus grande.

Mais ces quelques grammes de méfiance ne vont pas tarder à se multiplier, à prendre du poids.

— Je t'ai plu dès la première fois ?

Non, dit Andreas. Il répond sans hésitation. Sans même prendre la peine de feindre le doute : sa négation est tranchante, implacable. En réalité, ajoute-t-il, il l'avait à peine remarquée. Il l'apercevait sur les chemins, ou au magasin, mais elle n'avait pas éveillé sa curiosité. Il est très tête en l'air. C'est toujours comme ça, avec tout le monde. Ça a toujours été comme ça. Nat ressent une douleur lui traverser la gorge. Une douleur âpre, aiguë, précise. Inexplicable. Elle a du mal à avaler sa salive.

— Donc c'est moi, mais ça pourrait être n'importe quelle autre femme.

Bien qu'on soit au milieu de l'après-midi, la lumière qui pénètre dans la chambre est vaporeuse, comme si le jour déclinait déjà. Ils peuvent à peine distinguer leurs visages. Andreas médite quelques secondes puis détourne le regard en direction du plafond.

— Ça aurait pu être une autre et j'aurais pu être un autre aussi. Comme toujours.

— Mais si je n'étais pas revenue vers toi après… la première fois, rien de tout ça n'aurait eu lieu ?

— Non, probablement.

— C'est très blessant de t'entendre le dire.

Il sourit, l'air absent.

— Tu ne devrais pas être blessée. Finalement, ça a eu lieu. Tu es toi et je suis moi. C'est tout ce qui compte.

Nat aimerait lui demander ce qu'elle signifie pour lui. Elle aimerait lui expliquer que, si tout a commencé par hasard – un hasard aussi mince, aussi trivial que l'existence de fuites sur son toit –, elle ne comprend pas pourquoi ils continuent de se voir, puisque l'accord a été mené à bien. Elle sait que c'est ridicule, mais, au fond, elle aimerait être l'élue, avoir été séduite après une longue manœuvre. Elle aimerait entendre qu'Andreas l'avait remarquée dès le premier jour, qu'il était peu à peu tombé amoureux, avait conçu un plan pour s'en rapprocher, avait saisi l'occasion et s'était lancé sans peur du risque : l'histoire romantique se substituant à… la pornographie ?

Mais Andreas ne dit rien de tout ça. Il se contente de la regarder d'un air sérieux, comme si sa douleur – à elle – était fictive et qu'il devait, au mieux, se montrer compréhensif et laisser filer.

— Parce que toi, tu m'avais remarqué peut-être ? demande-t-il finalement. C'est pas pareil ?

Nat se tourne face au mur pour cacher ses larmes. Tout a commencé dans ce lit, pense-t-elle, quand il lui a demandé de se déshabiller juste à partir de la taille si elle préférait. Il l'avait utilisée parce que les prostituées de Petacas étaient misérables, avait-il dit. Comment le savait-il ? Avait-il eu recours à ces femmes en d'autres occasions ? Lassé de la misère des putes, il avait décidé qu'il valait mieux l'aborder, elle ? Quel genre de personne se comporte de cette manière ?

Andreas s'approche, lui caresse l'épaule, embrasse la courbe de sa nuque. Les faits ne suffisent-ils pas ? lui demande-t-il. Les faits, rien que les faits ? Pourquoi a-t-elle besoin de tout interpréter ? Où veut-elle en venir ? Nat ne répond pas. Couchée sur le côté, les bras croisés serrés sur la poitrine, elle tente d'expulser le démon qui s'est emparé d'elle.

Le samedi, elle est réveillée par les voix des voisins dans le jardin. Ils ont dû arriver la veille et se plonger dans l'effervescence des préparatifs d'une fête. Nat les entend parler de côtes de porc, de charbon de bois et d'allume-feu. Les enfants se disputent autour d'un jouet, poussant des cris aigus et exaspérants. Nat met la tête sous l'oreiller. La veille, elle est rentrée très tard de chez Andreas, attendant jusqu'au dernier moment qu'il lui demande de rester – attendant de pouvoir lui répondre non –, et voilà que ce boucan va l'empêcher de dormir plus longtemps. Elle se lève mais est incapable de se lancer dans rien de concret. Sur la table, la traduction est restée à la page où elle l'avait laissée, une réflexion autour du silence, *de notre silence en particulier, une qualité de silence en particulier*. Mais si le silence est l'absence de mots, comment un silence *en particulier* pourrait-il exister ? Les silences ne devraient-ils pas être tous les mêmes, comme la couleur blanche est toujours la même ? Il est donc évident que ce qui distingue les silences, c'est ce qui les entoure, à commencer par leurs causes. Le silence d'Andreas quand le sexe s'achève est-il identique à son silence à elle ? Nat soupçonne qu'il n'en est rien, que son silence est fait d'une autre substance.

Elle entend Chienlit aboyer, sort sous le porche et voit Piter devant la grille. À côté de lui, sa magnifique chienne remue la queue, bavant d'excitation. Tous les deux aussi, ils ont choisi un type de silence *en particulier*, puisque depuis leur dernière conversation, ils n'ont plus mentionné Andreas. Elle a promis de lui donner des détails mais, tout bien réfléchi, quel genre de détails peut-elle raconter ? Ils sont inutiles et pourraient même s'avérer contre-productifs.

— J'apporte ça à La Maisonnette, dit-il en soulevant un casier de bouteilles. On se voit là-bas.

— Là-bas ? Comment ça, là-bas ?

— À la fête d'automne… La fête de…

Il pose le casier par terre et reste songeur. C'est bizarre, murmure-t-il en se frottant la tempe. Ils ne l'ont pas invitée ? Ses voisins organisent chaque année un barbecue pour fêter l'arrivée de l'automne. Il explique que c'est une tradition à La Escapa. Peut-être ont-ils juste oublié de lui en parler.

— Tu veux que je le leur rappelle ?

Nat refuse avec véhémence.

— Qu'est-ce que je m'en fiche, de cette fête ? J'ai rien à faire là-bas.

Mais Piter semble indigné. Il insiste pour intervenir. C'est important que tout le monde s'entende bien au sein de la communauté. Quand il prononce le mot *communauté*, il hausse un peu les sourcils, l'air solennel.

— Écoute, je ne suis sûrement pas la seule qu'ils n'ont pas invitée. Ils n'ont certainement pas invité les gitans. Ni Roberta. Ils ne sont pas obligés d'inviter tout le monde, non plus, hein ?

— Enfin, ça n'a rien à voir ! proteste Piter.

— Mais si, bien sûr. Et si ça n'a rien à voir, alors c'est d'autant plus embarrassant pour moi. J'ai encore moins envie d'y aller.

En réalité, peu lui importent ses voisins. Elle les méprise quand elle les voit se comporter comme si La Maisonnette était véritablement splendide, comme s'ils possédaient un mas fantastique, elle se moque de cette obligation manifeste qu'ils s'imposent à eux-mêmes – ainsi qu'à leurs enfants – d'avoir tout le temps l'air heureux. Néanmoins, une part d'elle – une part amphibienne, ou reptilienne – est intriguée qu'ils la mettent à l'index. À quoi est-ce dû ? En quoi les a-t-elle agacés ?

Elle feint l'indifférence devant Piter et aussi plus tard, en le racontant à Andreas, dans un élan volubile qu'elle a du mal à maîtriser. Elle ne sent pas offensée, assure-t-elle, mais surprise d'être ainsi exclue. C'est probablement sa façon de vivre qu'ils rejettent. Ils ne doivent pas aimer qu'elle soit seule, sans mari pour couper le gazon, qu'elle ait dépassé la trentaine sans avoir d'enfant – ni projet d'en avoir –, qu'elle ne se soucie pas du réseau d'assainissement de La Escapa ni de la qualité du système éducatif, dont ils ont tellement discuté avec leurs amis la dernière fois. Ils sont sûrement au courant pour Andreas, pour leur... amitié – elle hésite, cherchant le terme exact. Et ils trouvent sûrement ça répréhensible aussi.

— Et ils pourraient pas simplement t'avoir oubliée ? l'interrompt Andreas.

Nat se sent accusée de quelque chose, sans bien savoir de quoi. D'exagérer ? De se victimiser ? D'être égocentrique ? Non, ils ne l'ont pas oubliée, dit-elle. Impossible. Ils sont voisins, leurs terrains se touchent. Et ils l'ont déjà invitée plusieurs fois auparavant. Il faut admettre qu'ils ne l'apprécient pas, un point c'est tout.

— Mais toi non plus, tu ne les apprécies pas, hein ?

— Non, c'est sûr.

— Tu les inviterais, toi, peut-être ?

— Moi, je ne ferais même pas de barbecue.

Andreas sourit.

— Alors qu'est-ce que ça peut te faire. Vous ne parlez pas la même langue.

À La Escapa, tout le monde désormais est au courant de son histoire avec Andreas. Comme l'avait prévenue Piter, dans un si petit village, une *communauté* si réduite, il faudrait être bien naïf pour prétendre ne pas être dans toutes les bouches du voisinage depuis belle lurette. Quand elle se rend au magasin, elle note que la fille se comporte de manière différente, plus sèche, comme offusquée. Sa mère aussi, qui avait l'habitude de quitter son arrière-boutique pour venir la saluer, l'évite sciemment, se cachant au fond du local en feignant d'être occupée. Au bar du Gros, elle doit affronter les murmures et les regards des équipes de maçons de Petacas, qui la jaugent en douce. Nat est découragée. Pourquoi tant d'hostilité, de complications ? Même le propriétaire semble savoir quelque chose, du moins l'imagine-t-elle. Le jour où il se présente pour récupérer le loyer du mois, en frappant ostensiblement à la porte, il pointe du doigt le chéneau d'un air narquois.

— Celui qui a installé ça savait bien ce qu'il faisait.

Une idée traverse l'esprit de Nat, comme une ombre, la possibilité que le propriétaire soit informé non seulement de sa relation avec Andreas, mais aussi des termes dans lesquels elle a été établie, cette chaîne de causes et de conséquences qui, si on les exprimait avec des mots, auraient l'air factices, voire ridicules. Mais le propriétaire n'ajoute rien de plus. Rien sur la possibilité de lui accorder une petite ristourne pour la réparation. Aucun remerciement, non plus. Il se contente de prendre son enveloppe et de demander des nouvelles de Chienlit. Comment va la bête, dit-il. La *bête.* C'est un mot que Nat a eu à traduire plusieurs fois ces jours-ci. *Bestia,* même si le sens ici est différent. Irrespectueux.

— Très bien.

— Ah oui ? Je suis obligé de te croire sur parole. Je le vois jamais.

— Parce qu'il se cache.

Le propriétaire éclate de rire.

— Il se cache ? C'est nouveau ça qu'il se cache ! Et de quoi ? De moi ? C'est la meilleure !

— Je n'ai pas dit qu'il se cachait de quelqu'un. Juste qu'il se cache. C'est un chien solitaire. Il fait sa vie.

Il fait sa vie : une expression péremptoire, orgueilleuse, qui accorde de la dignité au chien. Il serait plus juste, plus adéquat, de dire que Chienlit est farouche, qu'il a un sale caractère. Mais cela équivaudrait à faire une concession au propriétaire dans le bras de fer qui se joue entre eux à un autre niveau, au-delà des mots.

— Et c'est pour ça que tu l'attaches la nuit ? Parce qu'il fait sa vie ?

Nat pâlit. Comment peut-il être au courant ? La nuit aussi, il rôde dans les parages ? Elle est incapable de répondre sans un tremblement du menton. Comme quand elle était enfant et qu'on découvrait ses mensonges.

— Je l'attache parce que je ne veux pas qu'il se batte avec d'autres chiens. Quand le soleil se lève, on dirait qu'ils deviennent fous, à tous aboyer en même temps.

— Fous ? C'est des chiens, ma p'tite ! Qu'est-ce que tu veux qu'ils fassent d'autre ? Ils aboient et puis c'est tout ! Y a rien de pire pour un chien que d'être attaché. Un chien, il doit pouvoir faire sa virée. Emmerder le monde et chercher des femelles. Si tu lui prends sa liberté, alors là, tu vas vraiment le rendre fou.

Emmerder le monde, chercher des femelles. C'est ce qu'il fait, lui, quand il part en virée à La Escapa, la nuit ? Nat sent un grand vide la déchirer, ses jambes se dérobent. Si seulement elle avait la force nécessaire pour mettre cet homme à la porte sur-le-champ. Mais elle ne l'a pas. Docile, elle attend qu'il s'en aille.

Elle analyse minutieusement le comportement d'Andreas, le ton sur lequel il lui parle, sa manière de s'asseoir à ses côtés ou l'espace qu'il laisse entre eux sur le canapé. Elle enregistre, comme on tient un inventaire rigoureux, les fois où il lui prend la main ou la regarde – même furtivement –, l'attention qu'il lui accorde quand elle lui raconte quelque chose, l'inflexion de sa voix – en quête d'amabilité, ou d'impatience. Elle a toujours le sentiment que c'est insuffisant. Par exemple, lorsqu'ils sont au lit, sur le point de s'endormir, elle a l'impression qu'il s'écarte trop vite, ou qu'il l'enlace un trop bref instant, se retournant tout de suite pour plonger dans un sommeil profond qui l'exclut totalement. Elle l'observe dormir et pense : comment est-il possible qu'il y arrive ? Comment peut-il oublier qu'elle se tient là, tout près de lui ? Nat dort par intermittence, quelques minutes quand elle frôle l'épuisement total, pour se réveiller aussitôt, haletante, et constater avec angoisse qu'ils ne se touchent pas, qu'ils sont chacun de leur côté du lit, sans même se frôler.

Il en va de même avec la nourriture. Nat a un nœud dans la gorge qui l'empêche d'avaler, elle a du mal à mastiquer. Alors que lui, elle le voit manger avec appétit, la chassant de son esprit dès l'instant où il plante sa fourchette ou se sert de son couteau, concentré sur le mets et sur ses couverts. Nat se demande ce qui se passe dans sa tête dans ces moments-là. L'oublie-t-il, la faim la relègue-t-elle au second plan ? Le contraste s'avère brutal : elle est incapable de se soustraire à lui ne serait-ce qu'une seconde.

Parfois, elle enrage. Sa personnalité a été expulsée pour céder toute la place à cet homme et, docilement, *elle l'a laissé entrer*. Mais lui ? Qu'a-t-il donné en échange ? Il semble imperméable à presque tout, ne se laisse atteindre par presque rien. Si elle lui raconte une histoire personnelle, il l'écoute en silence, sans commenter, sans s'enquérir des détails ni interpréter les faits. Cette attitude respectueuse, qui lui manque tant chez les autres, est source de frustration venant d'Andreas. Est-ce dû à sa manière d'être, si prudente et si réservée ? Peut-être craint-il de se montrer indiscret ? Ou alors ça n'a réellement aucun intérêt à ses yeux ? De son côté, il parle peu, et seulement pour évoquer des choses extérieures, des sujets sans importance, sans rapport avec eux. Nat s'est rarement sentie aussi humiliée que par ce ton anonyme et aseptisé, elle a l'impression de poursuivre quelqu'un qui s'en fiche éperdument, trottant d'un air ridicule derrière celui qui avance sans avoir conscience de sa présence.

D'autres fois, au contraire, elle se laisse emporter par l'ivresse de l'instant et se sent prête à exploser de joie. Main dans la main, encore abasourdis, récupérant de la jouissance, elle a l'impression qu'un cyclone l'a dévastée et l'a propulsée dans un autre monde. Quand Andreas se lève, elle plonge le visage dans les draps pour essuyer sa sueur, les larmes aux yeux, murmurant son prénom encore et encore. Il n'existe pas d'union plus forte que celle qu'ils vivent, se dit-elle. Peut-être qu'il a raison. Qu'il vaut mieux ne pas pénétrer le mystère, ne pas tenter de le comprendre, pour éviter qu'il se gâte.

Le malaise du bonheur est une idée qui la hante de manière insistante : un genre de bonheur qui contiendrait le germe de sa propre destruction.

Un jour, elle lui demande le nom de la chatte. Li, répond-il. Li tout court ? Oui, évidemment, *el-i*, elle va pas avoir un nom de famille, non plus.

— Et pourquoi Li ? insiste-t-elle. Il y a une signification particulière ?

— Non, rien, quelle signification ça pourrait avoir.

— C'est joli, murmure-t-elle, juste histoire de dire quelque chose, de fuir le sentiment d'avoir commis un impair, même si elle ignore lequel.

Avec Andreas, il est compliqué d'aller plus loin. Quand elle lui pose une question, la réponse sonne toujours comme un point final, signalant d'avance l'inconvenance qu'il y aurait à poursuivre. La singularité de son élocution n'est peut-être pas due, comme le pensait Nat, au fait de manger les syllabes, mais à ce ton décisif, autosuffisant, que sous-tend la prononciation.

Au lit, elle l'observe à la dérobée, couché sur le dos, les yeux fermés, au repos. Quand il finit par sombrer dans le sommeil, elle se cale sur un coude pour mieux le contempler, d'un œil avide. Elle cherche dans la morphologie de son visage la trace des générations précédentes – turque, allemande – dont elle ne sait rien, car il ne fait jamais allusion à son passé. Elle décrypte ses traits et y décèle une majesté évidente : son visage est tel qu'il doit être, pense-t-elle, l'unique possible. Considérés séparément, ses traits manquent de grâce, ils sont même ordinaires : le nez busqué, les lèvres lippues sous la moustache rugueuse et grisonnante, les ombres violacées qui accentuent encore davantage le renfoncement des yeux. Mais l'ensemble la subjugue.

Il faut le regarder ainsi, comme elle le fait, pour accéder à ce visage inaccessible aux autres : ferme, dur et chargé de secrets. C'est un visage inquiétant.

On ne peut atteindre ce qui se trouve derrière ses paupières.

Ces derniers temps, Andreas a négligé ses cultures. Même Nat qui n'y connaît rien en jardinage est capable de s'en rendre compte. Il est possible qu'avec la pluie il ne soit pas nécessaire d'arroser, mais laisser simplement la pluie faire son œuvre paraît risqué : une bonne partie des légumes sont en train de s'abîmer précisément par excès d'eau. Arbustes noyés, germes pourris, branches qui se développent de travers, sans tuteur, terre retournée par les chats qui viennent voler la nourriture de Li… Voilà l'aspect qu'offre désormais le potager. Depuis qu'ils sont ensemble, Andreas se contente de ramasser les légumes pour sa propre consommation et, pour autant qu'elle sache, il a cessé la distribution au voisinage. Quand elle l'interroge, il a un geste de la main, un geste de détachement ou peut-être de paresse. Le potager est sans importance, dit-il ensuite. Il avait l'intention de laisser tomber, tôt ou tard.

— Mais ce serait dommage. Tout ce que tu cultives est tellement bon.

Andreas acquiesce. Oui, c'est vrai, dit-il. Ou ça l'était. Mais le temps est venu de se consacrer à d'autres choses.

D'autres choses ? Au début, Nat croit qu'il fait allusion à elle – au temps qu'il passe avec elle –, mais son intuition l'entraîne immédiatement dans le sens opposé, et elle se tient sur ses gardes.

En se roulant une cigarette, Andreas lui explique qu'un ami – une connaissance, corrige-t-il – a monté un an plus tôt une entreprise de topographie à Petacas. Il a commencé par gérer ça tout seul, mais il s'est déjà constitué un joli portefeuille de clients et il a besoin d'embaucher. Alors il va travailler avec lui, comme topographe. En fait, il commence la semaine prochaine, ce n'est plus qu'une question de jours. Il ne place pas de grands espoirs dans le projet mais, aussi petite soit-elle, dit-il, aucune ville n'échappe aux plans d'urbanisme et aux travaux publics lancés par la municipalité. Il s'agit principalement de missions de ce genre : un flux continu de petites commandes. Il plisse les yeux et fume en silence. De toute évidence, il a dit ce qu'il avait à dire.

Nat l'a écouté bouche bée, surprise d'entendre des termes qu'elle n'aurait jamais imaginés sortir de sa bouche, des expressions comme *joli portefeuille de clients* ou *plans d'urbanisme*. Andreas n'était-il pas simplement un homme de la campagne ? Là, soudain, elle doit lui supposer une formation, des études, une culture, toutes choses auxquelles elle ne s'attendait pas. Un torrent de doutes jaillit, des questions qu'elle aimerait lui poser et qui viennent buter contre ses lèvres. Quelle est exactement la tâche des topographes ? Ils évaluent le relief ? Dessinent des cartes ? Quel genre d'instruments utilisent-ils ? Des mètres à mesurer, des niveaux, des boussoles, des GPS ? Avec qui collaborent-ils ? Des fonctionnaires, des maçons, des chefs d'entreprise ? Elle a du mal à se représenter

Andreas s'occupant de documents officiels ou rédigeant des rapports. L'idée même qu'il utilise un ordinateur – il n'y en a pas chez lui et son téléphone portable est remarquablement rudimentaire – lui semble tout à fait étrange.

Sa question fuse sans prévenir, d'une brusquerie inattendue.

— Mais tu as fait des études pour ça, toi ?

Andreas lève les yeux, la scrute d'un air grave. Une ride se creuse entre ses yeux quand il lui répond. Bien sûr que oui, dit-il. Il a étudié la géographie à Cardenas il y a très longtemps, plus longtemps qu'elle ne peut l'imaginer. Ça la surprend ? À quoi ça doit ressembler un topographe, selon elle ? Elle croyait vraiment qu'il était bon qu'à planter des légumes ? Il rit, mais son rire vient de très loin, d'un endroit dont elle a déjà été expulsée. Nat s'excuse, franchit le seuil de la porte, s'agenouille et creuse dans la terre, chancelante. Piter ne lui avait rien raconté de tout ça. Il s'était contenté d'affirmer qu'Andreas était un bon à rien, en le dévalorisant. L'ignorait-il ou faisait-il semblant de l'ignorer ? Une pensée – une pensée sournoise, inhabituelle chez elle – l'assaille : il est en train de s'esquiver, tout ça n'est qu'un tissu de mensonges, un prétexte pour s'éloigner de moi. Va-t-il vraiment arriver, ce moment où elle débarquera chez lui et qu'il n'y sera pas ? Où il passera du temps dehors, supposément pour travailler, tandis qu'elle tournera en rond, brûlante de désir, dans l'attente de son retour ? En silence, elle creuse la terre, attrape un lombric entre ses doigts, rouge, brillant et humide. Son trouble est tel que l'animal ne lui inspire même pas de dégoût. Elle le laisse grimper sur sa main.

À cause de ce travail, ils se voient beaucoup moins. Andreas n'est à l'extérieur que le matin, mais parfois aussi – et de plus en plus fréquemment – la journée tout entière. Nat continue à le rejoindre le soir, à la tombée de la nuit. Ils couchent ensemble, dînent, puis elle rentre dormir chez elle, respectant scrupuleusement ce qui est déjà établi comme la norme. Il lui raconte à peine ce qu'il fait à Petacas, dans cette nouvelle activité qui est la sienne désormais, mais elle ne l'interroge pas non plus, elle ne veut pas se montrer indiscrète ni révéler son ignorance, et une précaution étrange – étrange car incompréhensible – la pousse à préférer le silence. Ils discutent, bien sûr, mais d'autres choses, en général au lit ou en préparant le repas, au fil d'une conversation qui n'avance que par pointillés ou se perd en détours. Le temps passant, ils prennent l'habitude de dîner d'abord et d'aller au lit ensuite : Nat enregistre le changement avec déception et une douleur à la fois légère et aiguë, car il marque la disparition de l'urgence, ce désir si pressant, si féroce, qui les habitait tous les deux au début et qui n'admettait pas d'être remis à plus tard. À présent, pense Nat, l'appétit alimentaire est supérieur à l'appétit charnel.

Cette distance d'Andreas lui pèse tant qu'elle n'est pas sûre de pouvoir la supporter. Totalement incapable de traduire, les heures vides font le lit de la suspicion. Afin de les éviter, elle propose au vieux Joaquín de lui prêter main-forte pour veiller sur sa femme et sur la maison. Ils aboutissent très vite à un accord : Nat passera deux fois par semaine et leur apportera en plus les courses quotidiennes. Sur place, elle aidera Joaquín à faire la toilette de Roberta, elle lavera les sols et la vaisselle, fera la lessive et cuisinera pour eux. Ils ne peuvent pas lui donner grand-chose, mais ce sera toujours ça.

Elle va aussi chez Piter pour se distraire. La cordialité des débuts renaît, même si, afin d'éviter certains sujets, ils se réfugient dans des banalités et se distraient en visionnant des films ou en inventant des jeux de mots, un genre d'humour qui amuse Nat, vraiment, comme une enfant. Contre toute attente, Piter ne lui reproche pas d'avoir abandonné son travail intellectuel – la traduction qu'il avait tant glorifiée – pour une tâche bien plus utilitaire et dénuée de prestige consistant à s'occuper d'un couple de personnes âgées. Au contraire, il approuve sa décision car elle correspond à sa conception de la communauté. Nat ne sait pas si son opinion est sincère ou s'il cherche simplement à lui faire plaisir, mais elle est consciente que ses amis de Cardenas, ou sa famille, ne supporteraient pas de la voir en femme de ménage ou en *bonniche*, comme dirait sa mère avec mépris. C'est à ça que t'ont servi tes études ? diraient-ils. Attendre un homme qu'elle connaît à peine comme une chienne en chaleur, laver une vieille femme à moitié folle, dormir seule, avec pour toute compagnie celle d'un chien qu'elle doit encore attacher la nuit. Quel genre de vie a-t-elle choisi ? C'était ça, le but de sa prétendue rébellion ?

Un jour, elle se laisse aller et tombe dans la confession, comme une glissade. Elle raconte à Andreas ce qu'elle a raconté à Piter le premier soir où elle a dîné chez lui. L'histoire du poste qu'elle a quitté. Le vol sans raison. Son refus de la compassion et du pardon, son orgueil stérile. Paradoxalement, c'est peut-être le mutisme d'Andreas qui l'encourage à poursuivre, en utilisant des mots toujours plus imprécis et lointains, des mots comme *culpabilité*, *absence*, *confusion* et *vertige*. Andreas ne répond pas et elle parle encore et encore, se perdant dans l'abstraction, étendue sur le dos, le regard fixé au plafond, sur l'ampoule nue dont elle connaît chaque détail, cette ampoule poussiéreuse avec son fil électrique noir.

C'est seulement quand elle se tait enfin que la pesanteur du silence devient manifeste – l'atmosphère confinée, le ronronnement de Li à ses pieds – et que Nat prend conscience de la respiration lente d'Andreas, immobile à côté d'elle. D'un coup, tout – la chambre, la chatte, son propre corps – lui semble irréel, prend des airs de jouet miniature et dérisoire. Elle en vient à penser qu'il s'est endormi, mais non, il a les yeux grands ouverts et une expression vide, indéchiffrable.

— T'en penses quoi, de tout ça ? demande-t-elle.

— De quoi ?

— Ce que je viens de te raconter. Tu es bien silencieux. T'en penses quoi ?

Andreas se redresse, lui lance un regard dur, avec une opacité nouvelle dans les yeux – des yeux de verre, ou ceux d'un mort. Son ton est sec, d'une sévérité inattendue.

— Tu demandes juste pour la forme ou tu veux vraiment savoir ?

Un instant, Nat croit qu'il plaisante, mais très vite, à voir ses pupilles qui restent fixes et cette sorte de crispation du menton qui ne se relâche pas, elle comprend que non, pas du tout.

— T'as déjà pris le temps un jour de réfléchir à la vie des autres ? Aux vrais soucis que les gens ont ?

— Je ne comprends pas. Qu'est-ce que ça a à voir…

— Ça a tout à voir, évidemment. Tout à voir.

Comme un enfant qu'on oblige à répéter ce qu'on vient de lui expliquer, Andreas répète l'histoire qu'elle vient de raconter, mais à travers sa voix, à travers ses mots, tout semble inconsistant, d'une insignifiance qui frôle le grotesque : elle avait un bon boulot, elle a volé quelque chose sans savoir pourquoi – et dont, bien sûr, elle n'avait pas besoin –, malgré son erreur on lui a pardonné, mais elle a quand même décidé de quitter son poste et de venir à La Escapa où, en fin de compte, elle a trouvé un autre boulot, puisque maintenant elle va chez les vieux et qu'ils la paient, c'est bien ça ?

— Oui. Plus ou moins, répond froidement Nat.

— Et tu crois que t'as le droit de te plaindre ?

— Me plaindre ? Il ne s'agit pas de ça… Tu m'as mal comprise.

— T'es au courant qu'il y a des gens qui volent par nécessité ? Et des gens qui perdent leur travail tous les jours, sans la moindre raison ? Qui sont virés pour une minuscule erreur ? Toi, on te pardonne et tu viens encore te plaindre ?

— Je ne me plains pas ! Je parlais d'autre chose !

— De quoi tu parlais alors ?

Elle ne sait pas quoi répondre. L'homme qui est étendu à côté d'elle, l'homme nu avec qui elle vient d'exploser de plaisir, est désormais un inconnu qui avance armé. Cet Andreas d'habitude d'humeur égale évoque ensuite sa mère, comme s'il lui avait fallu cette colère pour dévoiler sa vie intime. Il lui raconte qu'elle était kurde, originaire du nord de l'Irak. Toute jeune encore, elle avait été forcée de partir pour fuir une guerre – une guerre parmi tant d'autres – et de se réfugier en Turquie à pied, marchant pendant des jours et des nuits, avec un bébé – lui – dans les bras. Elle avait connu la faim et une vie de souffrances en Allemagne – une misère dont il lui évitera les détails – et malgré tout, dit-il, sa mère n'a jamais rien volé. C'était une femme bonne, généreuse et courageuse. Jamais une plainte n'a franchi ses lèvres.

— Je suis désolée, murmure Nat.

— Désolée de quoi ? Des malheurs de ma mère ou de tes jérémiades inutiles ?

— Désolée pour ta mère. Mais on dirait que tu m'en rends coupable. Mon histoire n'a rien à voir avec la sienne.

— Personne ne parle de culpabilité. C'est juste une question de gratitude. Toi, quand tu obtiens une chose, tu penses déjà à en obtenir une autre.

— À quoi tu fais allusion ?

— Je parle de manière générale. T'es comme ça.

— Tu ne me connais pas assez ! Comment tu peux dire un truc pareil ?

— Tu m'as demandé ce que j'en pensais. Tu m'as dit que tu voulais savoir. Eh bien, voilà ce que j'en pense. Ne le prends pas comme une attaque. En fin de compte, c'est juste un point de vue personnel.

Nat est sur le point de fondre en larmes. Geignarde ? Ingrate ? Voilà donc l'image qu'Andreas se fait d'elle ? Est-elle ainsi, sans s'en être rendu compte jusqu'alors ? Elle regrette profondément d'avoir parlé car rien que pour ça, pour ces quelques mots, elle a régressé, elle a écorné son image. À présent, Andreas a perçu une part d'elle qui lui répugne. Et à cause de ça, elle va le perdre.

Entre eux, sur le matelas, elle voit s'ouvrir un gouffre.

Ils montent tous les deux au Glauco, dans la fourgonnette d'Andreas. C'est lui qui a proposé cette promenade – on est dimanche, son jour de repos –, proposition que Nat interprète comme la reconnaissance qu'un lien existe, qui s'étend au-delà des murs de la chambre. Se retrouver en plein air en sa compagnie lui paraît étrange. D'un coup, marcher à ses côtés s'avère une expérience plus intime que de s'allonger dans son lit ou de se dénuder devant lui. Sentir sa présence, là, au volant, provoque en elle un trouble profond. Elle frémit de désir quand elle le voit changer de vitesse – son poing serré sur le levier, les doigts qui d'habitude la touchent, elle, accaparés par un autre contact. Du coin de l'œil, elle admire son profil ombrageux et fier, les lunettes basses, la ligne du nez. Elle se laisse emporter par une joie violente et cupide, qu'elle s'efforce aussitôt de refréner, car elle est désormais capable d'identifier ce genre de joie qui engendre l'angoisse. Comme quand nos jambes cessent de répondre après avoir trop couru, pense-t-elle.

La route qu'ils empruntent est en terre, très étroite, et débouche sur un belvédère. Ils garent la fourgonnette sur le bas-côté et gravissent à pied le dernier bout de chemin, une sente raide et glissante, flanquée de buissons épineux qui s'accrochent à leurs habits à chaque pas. Nat a les mollets griffés, de petits insectes volettent autour de sa tête dans un bourdonnement continu et stressant, elle éprouve le manque d'air et la fatigue. À aucun moment Andreas ne lui tend la main. Il avance deux ou trois mètres devant elle, d'un pas décidé, sans se retourner pour la regarder. La joie de Nat s'est totalement évaporée, elle se demande maintenant pourquoi ils sont venus se paumer ici. Fut un temps, ils n'auraient pas voulu quitter le lit, n'auraient pas perdu leur temps dans ce genre d'activité. Ils ont donc besoin d'excursions maintenant ?

Mais l'effort en vaut la peine. D'en haut, Nat contemple une vue qu'elle n'aurait pas imaginée, les champs autour de La Escapa semés de petites maisons blanches et brunâtres, de hameaux, de fermes, un ruisseau qui brille en pointillé, ici et là. La beauté de la distance, pense-t-elle, et elle se laisse enivrer par le parfum de la colline, l'aubépine et le sureau, le romarin. Ils s'embrassent et il lui caresse la joue.

— Tu es magnifique, dit-il.

Nat se tourne pour croiser son regard, soudain reconnaissante. Mais après cette tendresse éphémère, les yeux d'Andreas derrière le verre des lunettes sont de nouveau absents, lointains, et le bourdonnement persiste tout autour, comme s'il émanait du centre de son cerveau. Plusieurs buses les survolent ; Andreas se concentre sur ce spectacle. Elles chassent, dit-il, elles sont capables de rester là, suspendues dans les airs, pendant de longues minutes, jusqu'à ce qu'elles repèrent une proie, mais il le dit entre ses dents, comme s'il parlait juste pour lui. Ils se penchent sur la crête d'un flanc très abrupte et elle pense : on est seuls, il pourrait me pousser et me faire tomber, m'abandonner au milieu de nulle part, blessée, incapable de remonter, sans que personne sache que je suis là, sans que personne souffre de mon absence. Cette idée l'assaille brutalement, comme si elle émergeait d'ailleurs. C'est peut-être justement parce qu'elle l'attaque du dehors qu'elle semble si vraisemblable et si proche.

Andreas lui tend une gourde remplie d'eau.

— Elle est fraîche, dit-il. Ça te fera du bien.

A-t-il remarqué sa peur ? De nouveau reconnaissante, Nat boit, et en buvant elle sent qu'elle se purifie, que l'eau draine au fond de sa gorge le venin de la méfiance. Elle est à deux doigts de lui demander pardon, mais pour quoi ? Il ne comprendrait jamais.

Le jour où le propriétaire se présente, elle réalise qu'elle l'avait complètement oublié. Il l'observe comme d'habitude, fixant son corps – ses seins –, faisant étalage de son pouvoir et de sa grossièreté. Nat n'a pas préparé l'argent liquide. Normalement, elle s'approvisionne à un guichet de Petacas, mais cette fois ça lui est sorti de l'esprit. Elle s'excuse. Lui dit qu'elle a eu beaucoup de travail. Qu'elle ne l'attendait pas si tôt. Que le temps lui file entre les doigts. Il lui jette un regard oblique, serre les lèvres au point qu'elles disparaissent.

— Eh ben, ton ami va à Petacas tous les jours. Il aurait pu te retirer de l'argent, lui.

Son ami : cette allusion détournée, empoisonnée, à laquelle Nat est incapable de réagir.

Rien de tout cela ne se serait produit s'il avait accepté qu'elle le règle par virement, comme tout le monde. Ou si au moins il la prévenait avant de débarquer, plutôt que de se pointer à l'improviste, factures à la main, comme si elle n'avait rien d'autre à faire que l'attendre avec la somme exacte glissée dans une enveloppe. Mais ce sont là des arguments qui lui viendront plus tard. Pour le moment, c'est l'expression de cet homme qui prévaut. Cette moue qui lui mange les lèvres. La lueur dans le regard. Les bras croisés sur le torse, arrogant.

Nat s'excuse encore et lui demande d'attendre un instant. En s'éloignant, elle téléphone à Piter pour lui demander la somme manquante. Elle parle à voix basse, mais le propriétaire écoute la conversation.

— Ils te mangent dans la main, murmure-t-il.

Piter se met à sa disposition. Si elle veut, il fait le déplacement tout de suite et lui apporte l'argent. Nat hésite un instant. Elle ne veut pas qu'il soit témoin de la façon dont le propriétaire s'adresse à elle, dont il lui impose ses conditions humiliantes.

— Non, t'embête pas. C'est moi qui viens, dit-elle, et elle raccroche.

Puis, essayant de mobiliser toute l'assurance dont elle est capable, elle demande au propriétaire de repasser un peu plus tard. Disons, dans quinze ou vingt minutes maximum.

— Je ne serai pas longue.

— Autant que je reste ici, ça me reposera.

Nat tente d'articuler des mots, sans succès. Sa tête se met à tourner. Le propriétaire rigole.

— Eh quoi, t'as pas confiance ?

Il s'assoit sur le canapé et inspecte la pièce du regard avec un petit sourire, observant tout d'une manière qui n'a d'autre but que de bien lui faire comprendre qu'il inspecte. Nat se hâte de partir, sans protester.

— Je ne serai pas longue, répète-t-elle.

Quand elle revient, elle est encore tremblante. Le propriétaire compte les billets avec délectation, les glisse dans la poche de sa chemise, les pliant lentement. Nat sent que la maison est imprégnée de son odeur, une odeur âcre qui flotte dans l'air, désagréable, persistante. Après son départ, elle vérifie qu'il n'a rien touché. Tout semble en ordre, sauf peut-être quelques magazines qu'il a dû feuilleter. Son dessus-de-lit est froissé, mais il l'était probablement déjà avant, elle ne sait plus exactement. Elle jette les magazines à la poubelle, jette le dessus-de-lit dans le lave-linge et le fait tourner à soixante degrés, puis elle passe le reste de la journée à nettoyer, les fenêtres grandes ouvertes pour aérer.

Malgré le peu d'attention qu'elle lui accorde à présent, Chienlit a beaucoup changé. Nat ne l'attache plus la nuit et il répond avec loyauté à cette marque de confiance, dormant à ses côtés, au pied du lit. Peut-être devrait-elle envisager de lui donner un autre nom, se dit-elle. Aussi ironique, voire affectueuse, qu'ait été son intention en le lui attribuant, on associe *chienlit* au désordre, à la pagaille. Et le vétérinaire l'a prévenue : les animaux ne comprennent pas l'ironie.

D'un autre côté, pense-t-elle, ça ne vaut pas la peine. Peu de gens s'arrêtent sur le sens de ce terme. Le mot *chienlit* n'est utilisé que dans certaines régions, certains milieux, bien plus restreints que Nat ne l'avait pensé au départ. Elle avait cru que c'était un nom connu parce qu'elle le connaissait, fréquent parce qu'elle l'utilisait fréquemment. Elle n'en aurait jamais imaginé les limites avant de se rendre compte que Piter lui-même ignorait sa signification et que le dictionnaire ne faisait pas mention de son acception familière, n'évoquant que son sens premier, plus désagréable que prévu : « *Chie-en-lit.* 1. Bout de chemise malpropre qui sort par la fente postérieure de la culotte d'un enfant. 2. Masque de carnaval dont on se moque. »

Mais si personne ne le sait, quelle importance ?

C'est juste un nom de chien.

Li tourne en rond dans la maison, inquiète, émettant un miaulement différent, grave et plaintif. Nat l'observe, remarque qu'elle s'est franchement arrondie ces derniers jours. Attendrait-elle des petits ? se demande-t-elle, et plus tard elle pose la question à Andreas. Il rit entre ses dents.

— Ce serait pas la première fois. Quand mon ex-femme me l'a laissée, elle m'a assuré qu'elle était stérilisée. Et regarde ça, elle s'est encore fait prendre.

Nat reste pétrifiée. Son ex-femme ? Elle a bien entendu ? Le vent frappe les volets, annonçant l'orage. Les premières gouttes tambourinent sur le toit de la remise et une obscurité soudaine les enveloppe. Elle ne devrait pas accepter que ce bruit et cette lumière – ces souvenirs – soient corrompus. Que la signification d'une chose se retrouve totalement inversée.

Andreas est en train de réparer le raccordement de la télévision. Cette télévision obsolète qu'ils regardent désormais de temps en temps lorsqu'ils dînent, où il y a toujours des stries qui dansent, déformant l'image. Peut-être parce qu'ils ne sont pas face à face, ou parce qu'il est concentré sur une autre tâche, lui tournant le dos, Nat ose pousser plus loin l'interrogatoire.

— Mais Li n'est pas à toi ?

Il répond d'un ton indifférent.

— Eh ben, au jour d'aujourd'hui, je vois pas bien qui pourrait venir me la réclamer.

— Je ne savais pas que tu avais été marié.

— Évidemment, comment t'aurais pu le savoir.

Il se retourne pour attraper un tournevis.

— C'était il y a des années. Avant de venir vivre ici.

— Et… qu'est-ce qui s'est passé ?

— Qu'est-ce que tu veux qui se passe… Le truc habituel. On se comprenait pas. Elle était très jeune, y avait un sacré paquet d'années de différence entre nous, plus de vingt je crois, et elle voulait des choses que je ne pouvais pas lui donner.

— Quelles choses ?

— Qu'est-ce que j'en sais, moi. Je parle en général. Genre, des voyages, des enfants. Des trucs qui m'intéressent pas. Alors, elle en a eu marre et elle est partie.

Nat s'assoit sur le canapé et caresse Li en l'observant démonter la télévision. Si la chatte n'était pas à lui, si elle était à son ex-femme, il ne fait aucun doute que c'est elle qui a choisi son nom. Elle comprend mieux pourquoi Andreas lui a dit qu'il ne signifiait rien, alors qu'en réalité il signifiait tout. Pourquoi ne lui a-t-il pas révélé la vérité à ce moment-là ? La pointe de jalousie, si soudaine et inattendue, la remplit de honte : elle avait toujours pensé qu'elle était à l'abri d'un sentiment si mesquin. Et pourtant, qui manipule à présent les fils de sa souffrance ? Qui a décidé qu'une telle chose – le passé d'un homme qu'elle connaît à peine – devait la blesser si fort, bien au-delà de ses propres convictions et de ses idées ?

D'une manière confuse, elle se sent flouée. Ce qui l'avait poussée à accepter l'accord des tuiles était une vision d'Andreas qui s'estompe totalement. Elle avait été attirée par une image qu'elle s'était fabriquée – ou par celle qu'il avait voulu donner de lui-même –, celle d'un homme de la campagne, sans perspectives de changement, qui n'avait pas fréquenté de femme depuis très longtemps – c'étaient ses propres mots ! Un homme qui avait perdu la capacité de séduire – s'il l'avait possédée un jour –, qui se retrouvait contraint de proposer un troc de marchandises, comme s'il vivait dans une bourgade primitive, ignorant les règles élémentaires de courtoisie. Un homme qui ne quittait probablement jamais le village, ou seulement pour transporter des caisses de légumes qu'il cultivait lui-même. Un homme rustre, ignorant, qui vivait à la campagne depuis tout petit, s'adaptant instinctivement à n'importe quel territoire, tel un chien abandonné. Un homme qui avait seulement demandé, avec humilité et maladresse, qu'elle *le laisse entrer*, rien de plus, comme on mendie devant une porte. Son inexpérience la sublimait, la rendait puissante. Pour elle, ses carences étaient une richesse.

Mais en réalité cet homme avait fait des études universitaires. Il avait vécu en ville de nombreuses années. Il avait été marié. Marié avec une fille très jeune, vraisemblablement séduisante. Il avait divorcé. Il avait suivi les rituels traditionnels de la vie ordinaire. Alors pourquoi les relations qu'il a établies avec elle ne sont-elles pas dans la norme ?

Le premier coup de tonnerre éclate et elle observe sa nuque trempée de sueur, la façon dont il manipule les câbles du téléviseur. Elle ravale sa salive. Ne dit rien de plus. Que pourrait-elle ajouter ? Il ne semble pas particulièrement disposé à s'expliquer.

Elle se concentre pour maîtriser les idées qui grandissent en elle, pour leur trancher les extrémités du mieux qu'elle peut. Depuis qu'elle a fait la connaissance d'Andreas, tout a dévié du scénario prévu. Démontant ses préjugés un à un, Andreas creuse dans sa vulnérabilité, retirant des pelletés et des pelletés de confiance. Elle devient de plus en plus petite, et lui, toujours plus fort. De plus en plus dépendante, et lui toujours plus libre.

Elle ne se sent pas en mesure de supporter la moindre surprise supplémentaire. Alors la voilà qui redoute de parler.

Ce jour est le premier jour où le désir ne lui permet pas d'oublier. C'est la première fois qu'elle doit lutter contre ses pensées au moment où ils se déshabillent, qu'elle s'efforce de ne pas dériver, que son corps tarde à réagir, qu'elle exagère le plaisir, que le sexe devient une chose triste, amère et dégradante.

Piter débouche une bouteille de vin, lui en sert un fond, mais Nat est absente, elle met du temps à saisir le verre, comme si elle ne comprenait pas ce qu'il contient, ni à quoi bon le tenir dans sa main.

Piter plaisante, tente de l'amener sur son terrain. Elle le suit, sans énergie. Ce qui avant l'amusait tant – ces blagues insignifiantes qui l'aidaient à déconnecter – lui semble à présent fade ou carrément stupide. Pourquoi est-elle ici, chez lui ? Juste pour passer le temps avant de se rendre chez Andreas ? Piter pose sur elle un regard inquisiteur et lui demande : tout va bien ? Oui, très bien, dit Nat, très bien, répète-t-elle, mais le sourire compassé dément ses paroles.

Confesser son mal-être, pense-t-elle, reviendrait à donner raison à une prédiction qu'en réalité Piter n'a pas formulée. Ou qu'il a formulée subrepticement, ce qui complique encore davantage la possibilité de la réfuter.

Si l'on considère les faits eux-mêmes, sans interprétations parallèles, il n'y a aucune raison objective de se plaindre. Que lui raconterait-elle ? Qu'Andreas a été marié par le passé ? Qu'il travaille maintenant à Petacas ? Qu'une fois – une seule fois –, il l'a qualifiée d'ingrate après qu'elle lui a demandé son avis ?

Exposer à voix haute sa douleur – sa douleur ridicule – aggraverait encore sa vulnérabilité. Et pour autant, ne pas parler, tout lui taire, ne permet pas d'effacer la douleur.

Ils sont assis sous la véranda, protégés par la baie vitrée. Les contours du Glauco se diluent dans le crépuscule, bientôt l'obscurité l'aura totalement englouti. Nat ne la quitte pas des yeux, cette montagne qu'Andreas et elle ont gravie il n'y a pas si longtemps, elle essaie de ne pas la perdre. Piter pose sur la table du saumon fumé, une planche de fromages et de charcuterie, de la macédoine pimentée présentée dans des coupelles colorées. Il est toujours si serviable, si délicat ! Andreas n'a jamais préparé un tel dîner pour elle. Il n'en préparerait pour personne, même pas pour lui.

Nat perd le contrôle, elle parle nerveusement.

— Tu savais qu'Andreas avait été marié ?

— Moi ? Comment je le saurais ? Cet homme est à moitié autiste, il ne raconte jamais rien à personne. Comment tu le sais, toi ? Il te l'a dit ?

— Il y a fait allusion l'autre jour, presque par hasard.

— Je doute fort qu'il dise ou fasse quoi que ce soit par hasard. S'il te l'a dit, c'est pour une raison précise, avec une intention.

Nat reste muette. Mieux vaut stopper la conversation, pense-t-elle, avant que Piter ne lance des piques. Cela dit, maintenant qu'il a mordu à l'hameçon, il ne va pas le lâcher si facilement.

— Qu'est-ce qu'il t'a raconté ?

— Pas grand-chose. Que c'était une fille plus jeune que lui. Vingt ans de moins, environ.

— Vingt ans ! (Piter siffle, puis rigole.) Il s'ennuie pas, l'Allemand !

Ce sifflement blesse Nat intensément. Pour ne rien en laisser paraître, elle plonge dans son verre, le vide d'un trait. Elle n'aurait pas dû parler, mais il n'y a plus moyen de reculer. La seule façon de couper court à la conversation est d'inventer une excuse, de se lever et de s'en aller.

— Qu'est-ce qui te prend, Nat ? Tu es fâchée ?

Elle nie à plusieurs reprises, lui saisit la main pour le lui prouver, l'assure qu'il n'y a aucun problème. Mais, et le dîner ? Elle va partir sans rien goûter ? Elle peut bien dire ce qu'elle veut, ce n'est pas normal de filer comme ça, d'un coup.

Nat le sait. Elle sait que son comportement est erratique et impoli, incompréhensible vu de l'extérieur, ou peut-être au contraire bien trop transparent. Mais elle est incapable de s'arrêter. Elle est convaincue de s'être jetée dans la pente. Maintenant, tout ce qu'il lui reste à faire, c'est continuer de la dévaler.

Elle se réveille à minuit, en sursaut, et ne parvient plus à retrouver le sommeil. Elle se remémore les mots d'Andreas, qui là, dans le silence, paraissent de plus en plus aiguisés. *Un bon paquet d'années. Des choses qu'elle voulait et qu'il ne pouvait pas lui donner. Genre des voyages, des enfants. Des choses qui ne l'intéressent pas.*

Face à Andreas, Nat en était venue à se croire puissante. C'était agréable de penser qu'il était séduit par sa jeunesse – douze ans de moins. Ça la valorisait, ça augmentait sa cote sur le marché. Mais, une fois de plus, il y avait eu erreur de calcul.

Elle a toujours accepté comme un fait irréfutable que les hommes, quel que soit leur âge, sont attirés par les femmes jeunes, mais jamais jusqu'à présent elle n'avait envisagé cela comme une menace, car aussi jeune soit-on, il y en aura toujours une autre plus jeune encore. Elle n'y avait jamais réfléchi en termes de concurrence. Maintenant, si.

Elle pense à la fille du magasin.

Parfois, Andreas l'emmène à Petacas dans sa fourgonnette afin, prétendument, qu'elle en profite pour passer des commandes ou pour récupérer de la marchandise en attente. La fille du magasin est très jeune, presque une adolescente, or apparemment son âge ne constitue pas un obstacle, mais tout le contraire : une incitation. Nat se rappelle la chaleur qui émane d'Andreas quand il conduit. Le désir qu'il est capable d'éveiller par un simple changement de vitesse – l'avant-bras tendu et le poing serré, agrippé au levier –, son regard fusant du rétroviseur à la route devant lui, ce regard dur qu'elle ne parvient jamais à pénétrer. L'intimité de la fourgonnette, l'atmosphère intense et la fumée des cigarettes, partagées. La fille du magasin n'est pas jolie, mais elle affiche une insolence séduisante et, surtout, elle meurt d'envie de s'enfuir, elle s'ennuie, elle est avide d'expériences nouvelles. Est-il possible qu'à elle aussi, le moment venu, il lui demande *d'être dedans un moment* ? Est-il possible qu'il le lui ait déjà demandé, avant même de s'adresser à Nat ? Si Andreas avait uniquement besoin d'un peu de chaleur féminine, cette fille n'était-elle pas tout aussi valable ? Voire davantage, en réalité ? S'est-il refréné à cause de son âge ? Et si elle n'avait pas été mineure ? Il le lui aurait demandé ?

Nat ne comprend pas pourquoi Andreas propose de l'emmener à Petacas. Si distant envers le monde entier, il fait une exception pour cette fille, comme si l'approvisionnement de ce foutu magasin relevait de sa propre responsabilité. Nat tire des conclusions et elle a une sensation de froid, un froid intense qui irradie de l'intérieur, d'un point situé entre le sternum et la colonne vertébrale.

Pourquoi Andreas est-il avec elle ? Parce qu'il n'a rien trouvé de mieux ? Parce qu'elle était à portée de main ?

Une fois qu'une certitude est tombée, pourquoi ne tomberaient-elles pas toutes ?

Son regard est devenu suspicieux et elle n'est plus en mesure de le maîtriser. Je deviens folle, murmure-t-elle, et ses yeux brûlants sondent l'obscurité de sa chambre, un espace intime qui, plutôt que de la protéger, s'est retourné contre elle pour l'attaquer insidieusement.

Elle se rappelle ce rêve récurrent, de l'homme qui entrait chez elle alors qu'elle était attachée au lit, dans l'incapacité de se défendre, cet homme dont elle ne distinguait jamais le visage. Contrairement à ce qu'elle avait cru, il n'incarnait peut-être pas le propriétaire. Peut-être faisait-il plutôt office de présage.

Sa relation avec Andreas était corrompue dès le début. La manière dont les choses ont commencé, cette singularité qui l'avait d'abord fascinée, s'est retournée, dévoilant ses coutures répugnantes.

Non pas qu'elle ait été innocente et pure jusqu'alors, mais au moins il y avait des parts d'elle – des parts malveillantes, soupçonneuses – qui demeuraient endormies. Et qui se sont réveillées. Le mal grandit, se ramifie en elle.

En nettoyant le débarras des vieux, Nat trouve plusieurs cartons de livres : des manuels scolaires et des classiques de la littérature pour la plupart, mais aussi des romans de gare qui ont dû être à la mode il y a plusieurs dizaines d'années et dont plus personne ne se souvient. Joaquín lui explique que Roberta a été institutrice pendant quarante ans, dont la majeure partie à l'école de Petacas. Ces livres sont les siens, dit-il, ou plutôt l'étaient. Il y a bien longtemps qu'elle ne peut même plus lire une phrase, raison pour laquelle il a décidé de les retirer des étagères et de les ranger dans des cartons, hors de sa vue, pour ne pas la tourmenter.

Nat observe Roberta, si fragile et recluse dans son monde, si hermétique, et a du mal à imaginer qu'elle ait pu avoir une autre vie. Roberta travaillant avec des enfants, leur expliquant la leçon du jour sur le tableau noir, sujet et prédicat, addition et soustraction ? Elle feuillette les livres, les annotations, les mots soulignés et les marque-pages fabriqués avec du papier bristol et des fleurs séchées – par elle ? par ses élèves ? – et ça lui serre le cœur.

À quoi pense Roberta, où ses yeux vont-ils se perdre ? Elle a toujours l'air concentré sur une scène qui aurait lieu dans une autre dimension, avec ses yeux plissés et ses lèvres formant des phrases en silence. À qui s'adresse-t-elle ?

Le sortilège se rompt parfois et elle sort d'elle-même. Elle découvre alors qu'elle n'est pas seule et s'efforce d'être aimable avec les gens qui l'entourent. Il arrive, même dans ses meilleurs moments, qu'elle tienne des propos incohérents ou s'agace qu'on ne la comprenne pas, mais c'est une femme courtoise, et elle ne fait jamais de scène.

Un jour, elle reçoit un appel téléphonique lui annonçant une funeste nouvelle. Un proche, un neveu peut-être, est mourant. C'est ce que Nat déduit en l'écoutant parler, les yeux baissés, enroulant le fil du téléphone entre ses doigts. Elle reste ensuite plusieurs heures songeuse, décrochant et raccrochant le téléphone alors que personne n'appelle. Quand Nat interroge Joaquín, il secoue la tête, lui dit qu'elle a tout inventé. Il n'y a aucun neveu malade, aucun mourant. Ça arrive souvent, dit-il. Elle reste bloquée sur des événements du passé. Dans la résignation du vieil homme, Nat devine une pointe de désespoir. Qu'arrivera-t-il quand il ne sera plus là pour veiller sur elle ?

Joaquín est en train de perdre la vue. Il le lui confesse un jour en pleurant, la tête entre les mains, assis à la table de la cuisine. Nat est impressionnée de voir un homme pleurer, un homme de cet âge.

Joaquín et Roberta créent une faille dans la communauté, car ils sont, d'une certaine façon, aussi anormaux et défectueux qu'elle. Ce n'est pas facile à voir, pas facile de regarder au-delà, l'effort est désagréable. Mais une fois qu'on a franchi le pas, on ne peut plus feindre l'innocence.

C'est un après-midi nuageux ; l'air, immobile, est chargé d'électricité statique. Les buses volent bas, planant au-dessus de Nat qui marche en direction de la maison d'Andreas, une destination inhabituelle à cette heure-là, puisqu'elle sait qu'il n'y est pas. Pourquoi avoir emprunté ce chemin plutôt qu'un autre, elle l'ignore – et ne prend pas encore le temps d'y réfléchir –, tout comme elle ignore pourquoi elle est sortie se promener alors que de toute évidence la pluie va tomber d'une minute à l'autre. Une intuition peut-être, un pressentiment ? C'est ce qu'elle se dira plus tard, quand elle reviendra sur le déroulé des événements. Pour le moment, elle se contente d'avancer, l'esprit absent, le regard tout aussi absent, jusqu'à ce qu'au loin se profile la maison puis, garée devant la porte, la fourgonnette d'Andreas. Elle s'arrête. Tarde un peu à comprendre. Ou à essayer de comprendre. Soudain, ça cogne fort dans ses tempes, une chaleur fulgurante lui monte au visage. D'un geste brusque, elle fait demi-tour. Mieux vaut que personne ne la voie ici.

Elle arrive chez elle et tente de se calmer. Il doit y avoir une explication. Une explication raisonnable, se dit-elle : Andreas est revenu à La Escapa suite à un imprévu, pour récupérer un outil ou du matériel qu'il avait oublié. Ou alors sa fourgonnette est en panne et il est parti ce matin dans une autre voiture, avec quelqu'un qui se rendait aussi à Petacas. Elle donne à manger à Chienlit, s'ouvre une bière, s'allonge. Se relève aussitôt. L'explication pourrait être bien différente : à cet instant même, *là et maintenant*, Andreas pourrait être chez lui avec une autre. Une autre qu'il aurait embobinée en utilisant la même ruse qu'avec elle.

Elle ressort et marche d'un bon pas, sous la pluie à présent, en direction du magasin, la respiration haletante, jusqu'à ce qu'elle passe la tête dans le local et trouve la fille derrière le comptoir, pianotant sur son portable. Son soulagement est si grand qu'elle se met presque à rire, mais il est également éphémère : si ce n'est pas elle, ça peut être n'importe qui d'autre.

Ou bien personne. Mais s'il n'y a personne, pourquoi ne l'a-t-il pas immédiatement appelée, comme au début ? Ne ressent-il plus l'urgence de la voir ? N'en meurt-il pas d'envie, comme elle ?

Elle passe le reste de la journée à aller et venir entre sa maison et celle d'Andreas. La fourgonnette est toujours là, elle n'a pas bougé. Il lui suffit de deviner au loin la tache blanche pour rebrousser chemin, refaire le parcours à l'envers. Son cœur bat à une vitesse qui l'effraye. Elle n'avait jamais rien fait de tel ni de comparable. Rien d'aussi grotesque, d'aussi indigne.

Quand Andreas l'appelle, le soir, elle laisse sonner le téléphone sans répondre jusqu'à ce qu'il se lasse. Elle aurait voulu qu'il se lasse moins vite, qu'il insiste davantage, et malgré tout, ne pas répondre à ses appels lui semble une forme de vengeance voilée. Sur le moment, elle a l'impression d'avoir remporté une victoire, mais aussitôt elle s'interroge : laquelle ?

Quand ils se retrouvent la fois suivante, ils ont tous les deux un comportement normal, du moins empreint de cette normalité dont ils s'arrangent à présent. Il ne lui demande pas pourquoi elle n'a pas répondu à ses appels. Elle ne lui demande pas pourquoi sa fourgonnette est restée toute la journée devant chez lui. Puisqu'il n'y a pas de questions, il n'y a pas de réponses. La méfiance de Nat ne cesse de grandir : subtile et sinueuse, comme la prudence d'un chat. Et celle d'Andreas ? Elle ne saurait dire s'il s'agit de méfiance ou de simple désintérêt.

À partir de ce jour, elle prend l'habitude de l'espionner. Elle rôde aux alentours de la maison, surveille les allées et venues de la fourgonnette, compare les horaires. Elle cherche les indices d'éventuelles visites. Comme elle ne trouve rien, elle se dit : il est prudent, il détruit les preuves. Quand Andreas ne la regarde pas, elle inspecte tout ce qui lui tombe sous la main : les pots dans la cuisine, les médicaments, les bouteilles. Elle vérifie le nombre de préservatifs qu'ils ont utilisés jusqu'alors – tient les comptes. Elle examine les papiers qui traînent dans la maison – factures, prospectus, dépliant publicitaires, reçus. Elle trouve de vieux CD qu'elle emporte en cachette pour les visionner tranquillement sur son ordinateur. Ils contiennent uniquement des plans et des rapports topographiques, mais son angoisse ne connaît pas de repos et elle poursuit sa quête. Dans l'armoire, elle découvre des vêtements plus chic que ceux qu'il porte habituellement – elle ne l'a jamais vu en costume, mais vestes et cravates sont là, irréfutables. Deux autres découvertes lui causent une profonde inquiétude : le ticket d'une boutique de mode féminine à Cardenas – *chemisier pour femme, 39,90 euros* – datant d'il y a deux ans – *encaissé par Patricia* –, et une petite boîte à musique, du genre coffret à bijoux, décorée d'une minuscule danseuse qui tourne sur elle-même quand on l'ouvre, au son de *La Vie en rose*. Nat la referme pour ne pas se trahir, mais ce qu'elle aimerait, c'est la détruire.

Fouiller dans son téléphone portable s'avère peu productif, puisqu'il l'utilise à peine. Il ne contient que les textos qu'elle lui envoie, des messages publicitaires et des appels entrants et sortants, toujours les mêmes numéros qui correspondent à celui de son collègue à Petacas ou d'un présumé client. Le fait qu'Andreas laisse toujours l'appareil en vue, sans code d'accès, et que la liste de ses contacts soit limitée peut signifier qu'il n'y a rien à craindre, mais peut aussi signifier le contraire : qu'Andreas dissimule, que tandis qu'elle complote contre lui, il complote aussi contre elle, effaçant numéros et messages compromettants et laissant traîner son portable à sa portée à seule fin de la dérouter.

Parmi toutes les interprétations possibles, Nat choisit systématiquement la pire. Elle ne se sent jamais en sécurité, même quand elle se convainc que ses idées sont dénuées de sens. N'importe quelle variation, n'importe quelle nuance qu'elle n'avait pas prévue – aussi minime et vague soit-elle – parvient à la faire vaciller. La jalousie, ce monstre intrusif aux yeux verts, se faufile jusque dans le lit, avec sa langue pointue et ses grimaces obscènes, les surveillant tous les deux pour mieux les dévorer, altérant la signification de leurs mouvements, les imprégnant de souillure et de suspicion. Pourquoi Andreas ferme-t-il les yeux quand il est en elle ? Parce qu'il pense à une autre ? Parce qu'il se rappelle sa jeune ex-femme ? Ses paupières sombres, l'expression concentrée et le léger tremblement des cils, tout ce que Nat avait admiré les premiers jours, ce qui l'excitait, représente à présent la confirmation de ses soupçons. La même Nat, menacée de frigidité, s'est mise à fantasmer. Elle s'invente des scènes où d'autres hommes lui demandent ce qu'Andreas lui a demandé. Ils lui font la même chose – exactement la même chose – que lui la première fois, dans la même pénombre et le même silence, dénudée à partir de la taille, sans autre caresse que les mains parcourant lentement ses flancs. Ils se comportent comme Andreas sans être Andreas, car Andreas n'est plus celui qu'il était à ce moment-là : c'est un être différent, qui réagit probablement comme elle, la remplaçant par une autre tandis qu'il la touche, l'expulsant hors de lui à l'instant même où il s'enfonce plus profond dans son corps. Quand ils ont fini, ils restent silencieux, mais pas dans la timidité du début, plutôt dans la tristesse. Tu as froid ? demande-t-il en tirant sur elle une couverture. Tu ne peux pas imaginer à quel point, aimerait-elle répondre, se souvenant qu'avant, il l'enveloppait de ses bras, et non de cette courtoisie maladroite et blessante.

Elle ne se rend presque plus à Petacas, un rapide aller-retour de temps en temps pour retirer de l'argent au guichet, comme si la ville, déjà hostile en elle-même, lui était interdite depuis qu'Andreas y travaille. Mais un jour, minée par les hypothèses, elle décide d'y aller sous prétexte de se faire couper les cheveux. Elle en touche un mot auparavant à Andreas, l'air de rien, afin d'éviter qu'il ne tire des conclusions s'il l'aperçoit là-bas. Andreas lève les yeux, l'observe d'une telle manière qu'elle se sent démasquée.

— Mais ça va très bien, tes cheveux. Pourquoi tu veux les couper ?

— Ils sont abîmés. Ça fait des mois que je les laisse pousser.

— Moi j'aime bien.

Ce commentaire, qui pourrait être pris pour un compliment, Nat l'interprète comme un signe d'indifférence : Andreas ne veut pas qu'elle débarque à Petacas, il ne veut pas l'avoir dans ses pattes. Elle ne peut néanmoins plus faire machine arrière. Reculer serait encore plus bizarre : une confession en bonne et due forme.

Elle part tôt et se gare dès qu'elle peut. Vu qu'elle ignore où trouver un salon de coiffure, elle déambule, contournant la boue qui s'entasse le long des trottoirs. Et c'est en arrivant sur la place de la mairie qu'elle voit Andreas qui discute avec quelqu'un, agitant énergiquement les bras, comme s'ils se disputaient, parlant avec la cigarette aux lèvres, rejetant la tête en arrière pour expulser la fumée, jambes un peu écartées. Ce sont des attitudes que Nat ne lui connaît pas et, vu de loin, son corps non plus n'a rien de familier. L'homme en plein débat avec Andreas est plus grand que lui, et plus jeune. À bien y regarder, il a tout l'air d'un adolescent, ce qui transforme Andreas en une autre personne, presque un vieux. Un instant, Nat a envie de faire demi-tour et de se cacher, mais finalement elle décide d'avancer dans leur direction. De plus près, elle constate qu'ils ne sont pas en train de se disputer, mais de bavarder comme le font parfois les hommes, avec ce mélange d'ironie, de camaraderie et de rudesse. Il se tourne, la voit et sourit. Néanmoins, son sourire n'exprime pas la bienvenue, car il s'écarte immédiatement de son interlocuteur, comme s'il ne voulait pas qu'elle s'en approche davantage, et d'ailleurs il ne fait pas les présentations, il prend juste rapidement congé du jeune homme, et son sourire s'efface déjà.

— Qu'est-ce que tu fais là ?

— Je viens me faire couper les cheveux, tu te rappelles pas ?

— Ah, si. Tu vas où, exactement ?

— Nulle part. Je ne sais pas où sont les salons de coiffure.

— Viens, je vais t'en montrer un.

Il se met à marcher quelques pas devant elle, jetant des coups d'œil alentour comme s'il cherchait quelqu'un d'autre, comme si elle était de trop, voire comme si elle n'existait plus. Nat le suit, mortifiée. Andreas ne l'a pas embrassée, bien sûr, il ne s'est même pas approché d'elle pour la toucher, alors qu'un instant plus tôt elle l'a aperçu la main posée sur l'épaule de son ami.

— Tiens. C'est ici que je travaille.

À travers la porte d'un petit local, Nat entrevoit un bureau rempli de paperasse, de machines et de caisses, plus deux ordinateurs et une gigantesque imprimante en plein milieu. Le collègue d'Andreas – un homme du même âge que lui, mal coiffé et en jogging – se penche sur des plans si grands qu'ils traînent par terre, sans s'inquiéter apparemment de les froisser ou de les salir. Andreas le salue sur le seuil de la porte, sans entrer ni l'inviter, elle, à entrer. Il lève le bras pour lui indiquer en bas de la rue l'endroit où se trouve le salon, à deux ou trois pâtés de maisons de là. Le ton de sa voix est si tranchant – ou paraît si tranchant aux oreilles de Nat – que son statut d'intruse s'en trouve souligné. Au moment de la quitter, il lui serre le bras et la regarde droit dans les yeux, mais pour Nat, ce n'est pas suffisant.

Dans le salon de coiffure aussi, elle est une étrangère. Quand elle arrive, la coiffeuse, longue chevelure bouclée, chemise cintrée et rire strident, met la dernière main au brushing d'une autre cliente. Sans lâcher son matériel ni s'enquérir de ce qu'elle désire, elle lui demande – ou plutôt lui ordonne – de s'asseoir pour attendre. Nat s'exécute, elle patiente en essayant de lire le livre qu'elle a apporté. Les yeux rivés sur la page, elle écoute la conversation des deux femmes qui critiquent quelqu'un dans un jeu de sous-entendus et de connivence moqueuse. Leur rire complice incommode Nat, comme si elle en était victime – et qui sait, pense-t-elle : peut-être est-ce le cas. Quand son tour arrive, la coiffeuse l'observe dans le miroir. Elle lui demande quelle coupe elle souhaite, mais ne fait aucun cas de ses indications. Elle examine ses cheveux, soulevant des mèches avant de les laisser retomber d'un geste négligent. Ils sont très abîmés, lui dit-elle, va falloir en couper pas mal.

Nat acquiesce, se laisse imposer ce qu'elle n'a pas demandé.

Et voilà qu'avec sa nouvelle coupe, elle a vieilli d'un coup ; elle se trouve même plus pâle et plus cernée qu'avant. Bien qu'elle ait précisé qu'elle ne voulait pas de frange, elle se retrouve avec une frange dégradée sur les côtés. Mais elle sourit et paie ce que la fille lui demande sans protester.

Avant de retourner à La Escapa, elle s'arrête aux halles faire les courses pour les vieux. Dans la file, elle observe les femmes qui jacassent et les commerçants gueulards, leur manière de parler cryptique, en accéléré, dont elle se sent totalement écartée. Deux chiens errants fouinent au milieu des caisses sans que personne ne les chasse de là. Il faut être très vigilant, car à la moindre inattention, quelqu'un vous double et rafle les meilleurs produits. Même les enfants – ne devraient-ils pas être à l'école ? – ont l'air rusés et malhonnêtes. Les yeux des adolescents brillent d'une lueur arrogante, pleine de défi.

Ça ne peut pas être aussi horrible, se dit-elle. C'est elle, son regard, qui est malade. Si seulement elle pouvait fermer les yeux et ne plus rien voir.

Pendant toutes ces années, elle lui était sortie de l'esprit. Mais à cause de l'épisode du salon de coiffure, lui revient soudain le souvenir de ces jours lumineux et de la façon dont ils avaient tourné à la tristesse, à l'incompréhension. Nat avait sept ou huit ans maximum ; Estrella devait être plus âgée de quelques mois seulement, mais à cette étape de la vie quelques mois constituaient un cap énorme, une sorte de garantie, car être l'amie – ou bénéficier des faveurs – d'une grande était un privilège. Elle ne se rappelle ni son visage ni sa voix, mais la manière dont elle s'asseyait derrière elle pour la coiffer, car Estrella rêvait d'être coiffeuse ; mais elle ne pouvait pas s'entraîner sur n'importe qui, disait-elle, uniquement sur Nat, la chanceuse choisie entre toutes, celle à la chevelure la plus douce – affirmait-elle –, la plus longue et la plus jolie de toutes les chevelures. Elle lui faisait des tresses et des chignons, lui brossait les cheveux des heures durant, lui faisait des chatouilles en soufflant doucement sur sa nuque, et Nat fermait les yeux et se laissait manipuler.

Un jour, Estrella avait commencé à tirer trop fort, à serrer ses couettes plus que nécessaire. Tu as les cheveux cassants, disait-elle, et elle jetait la brosse par terre, en soupirant. Nat ne comprenait pas où était son erreur, la suppliait d'essayer encore une fois et ravalait ses larmes en silence si elle lui faisait mal. Il avait suffi de quelques jours pour qu'elle la remplace par une autre. Seule dans son coin, Nat la voyait désormais coiffer l'élue, mettant un soin extrême à la brosser, ajoutant des élastiques de couleur sur chaque mèche et chaque tresse autour du front – chose qu'elle n'avait jamais faite avec elle –, lui attrapant le menton à la fin pour admirer le résultat, applaudissant de joie. La nouvelle observait Nat de loin, peut-être un peu gênée mais irrémédiablement satisfaite.

Nat ignorait quel péché elle avait commis pour être ainsi punie. Quand elle avait vu dans son manuel de religion un tableau d'Adam et Ève expulsés du Paradis, elle avait pensé : voilà ce qui m'arrive.

Ses voisins sont en train de décharger des sacs de provisions du monospace tandis que les enfants courent autour, traînant un arc et un carquois rempli de flèches colorées. Malgré la distance et la brume, Nat a l'impression que sa voisine est enceinte. Le mari la salue d'un geste de la main et elle se sent contrainte de s'approcher, par politesse. Ils lui demandent si elle a passé une bonne semaine. Se plaignent du temps, du vent qui a emporté les canisses autour du porche. Contre toute attente, ils se montrent à nouveau cordiaux, presque affectueux. Comme s'ils ne pouvaient s'intéresser à vous qu'en flairant les soucis, pense Nat. Comme s'ils pressentaient que les choses tournaient mal pour elle et qu'ils s'en réjouissaient.

Sa voisine la prend par le bras et lui confie, en effet, qu'elle est enceinte. Elle le lui raconte les yeux brillants, l'accaparant par ce ton intime qu'on utilise pour se confier aux amies, et l'invite à venir dîner le soir même. Pour fêter ça, dit-elle. Avant que Nat ait le temps de répondre, elle baisse la voix en aparté, change de ton, tout en se caressant le ventre.

— L'invitation, c'est juste pour toi.

Au début, Nat ne comprend pas.

— Je veux dire… On n'a pas envie que l'Allemand vienne.

— Andreas ?

— Oui, Andreas.

— Bien sûr, confirme Nat. Pas de problème.

Un vent froid et vif, presque hygiénique, se lève. Un vent qui met fin à la possibilité de contester, ou du moins de questionner. Un vent qui ramène la conversation sur le thème de la météo, cette plaie. Mais Nat s'interroge : pourquoi une telle interdiction ?

Se rendre au dîner suppose de ne pas voir Andreas ce soir. Accepter l'invitation se transformerait donc en message adressé à Andreas, un message voilé dont même Nat ne comprend pas bien la signification. Elle décide de ne pas lui donner d'explications. Elle le prévient seulement, ils se verront demain, écrit-elle. Comment interprétera-t-il cette défection ? Nat croit qu'il y a toutes les chances qu'il ne l'interprète pas du tout.

Le soir, au dîner – auquel participe également Piter –, les voisins exposent leur projet de construire une piscine dans le jardin. Ils ont fait les comptes et finalement ça ne coûte pas si cher. Ils veulent une piscine longue et étroite, pratique pour nager. Une piscine fonctionnelle, quitte à ce qu'elle ne soit pas jolie.

— Le pire avec une piscine, c'est l'entretien, dit Nat. Quel enfer.

Ils acquiescent, ils ont soupesé les inconvénients, mais ont quand même envie de la construire.

— Je ne sais pas, dit Nat, j'ai toujours pensé que ça n'en valait pas la peine. Désolée, mais ça me paraît un non-sens, toute cette eau gâchée chaque année…

— On ne jette pas l'eau à chaque fois. Il y a des produits pour la conserver. Des produits, des bâches.

— Ouais, des produits chimiques super agressifs… Je ne suis pas convaincue.

Nat est sur la mauvaise pente et elle le sait. Elle n'y connaît rien mais se permet de donner son avis. Qu'est-ce qui lui prend ? Est-ce que parler de l'entretien des piscines est une façon de contourner son envie de déguerpir immédiatement et de se précipiter chez Andreas ? Piter vient à son secours et change de sujet ; elle se concentre sur son assiette et se rappelle les mots de sa voisine, son attitude – les yeux baissés, l'hésitation dans la voix, la main caressant son ventre –, *on n'a pas envie que l'Allemand vienne*. Toutes les interprétations possibles tournoient dans sa tête. Elle imagine qu'Andreas a pu être en conflit avec les voisins. Ou alors seulement avec la femme, un truc intime, privé. Après tout, c'est elle qui a formulé ce souhait, profitant que son mari ne soit pas à côté. Est-ce qu'il ne lui aurait pas demandé à elle aussi de le laisser entrer… ? Son visage se contracte de douleur. À l'autre bout de la table, Piter la surveille. Non, impossible, se dit-elle. La voisine a utilisé le pluriel dans son allusion – *on n'a pas envie…* –, impossible que le rejet vienne seulement d'elle. Elle pourrait interroger directement Andreas, évacuer ses doutes de la manière la plus simple qui soit. Mais elle n'en fera rien. Andreas se contrefiche de ce que les autres pensent. Si elle évoque cet épisode avec lui, il se contentera de dire que ça n'a pas d'importance, ou pire, il ne dira rien. Jamais il ne se mettra en colère, même en sachant qu'ils médisent dans son dos ou glissent des insinuations sournoises.

Rien n'est plus éloigné de la nature d'Andreas que la colère. Nat ne l'a jamais vu s'emporter ou perdre ses moyens, comme elle vient de le faire à propos de la piscine. Pas même le jour où il a élevé la voix pour évoquer sa mère. Et jamais il ne débat. Quand il livre son point de vue, il l'expose sans ce besoin – ou cette angoisse – de se faire comprendre qui l'étreint, elle. Chez Andreas, la prétention de convaincre n'existe pas.

Curieusement, une attitude inverse serait moins source d'inquiétude pour Nat.

Elle se demande parfois si cette neutralité n'est pas plutôt une tactique invisible d'attaque.

Ils sont au lit quand elle perçoit les miaulements de Li. Des miaulements graves, longs, telle une complainte. La chatte tourne en rond dans la maison, entre et sort de la chambre, sans cesser de miauler. Nat a la tête ailleurs et devine qu'Andreas est perdu dans ses pensées, lui aussi. Mais ce n'est pas seulement à cause du bruit. Quelque chose dans leurs corps a cessé de fonctionner, qui ne peut être réparé. Leurs mouvements sont lents, ils s'y prennent avec maladresse, raideur. Nat se rappelle à quel point c'était différent quelques semaines auparavant, quand ils s'enlaçaient et que tout était fluide, liquide. Cette pensée – cette comparaison – vient aggraver la situation. Et puis il y a cette chatte, cette chatte plaintive qui miaule encore comme un bébé en pleurs – plus pénible encore qu'un bébé en pleurs –, incessante, exigeante, des miaulements plus profonds que d'habitude, beaucoup plus insistants que d'habitude. Nat s'arrête.

— Elle ne serait pas sur le point de mettre bas ?

— Non, dit Andreas. Elle cherche ses petits. Ils sont nés hier.

Nat se redresse. Assise sur lui, elle regarde son visage sans lunettes, à découvert mais distant.

— Et ils sont où ?

— Je les ai noyés dans une bassine.

— Tu les as noyés ?

— Qu'est-ce que tu voulais que je fasse ? C'était mieux pour eux.

Nat est horrifiée. Pourquoi les noyer ? N'y avait-il pas d'autre solution ? Il n'a même pas cherché d'autres solutions ! Pourquoi ne pas les avoir gardés ? Il a largement la place ! Ou les offrir ? Il n'a donc aucun remords de les avoir tués ? Il ne ressent pas un minimum de compassion ? Tandis qu'elle le bombarde de questions, elle commence à se rhabiller, exhibant l'étendue de son indignation, alors qu'elle sait bien au fond que les chatons morts ne sont pas la seule raison de sa colère. Andreas ne répond pas. Il pose sur elle un long regard méprisant avant de lui demander si la soirée va finir comme ça, si elle va partir en laissant les choses en plan, si elle n'est pas au moins capable de se maîtriser un peu. Comme si ça comptait pour lui la façon dont la soirée allait s'achever, répond Nat : c'est la personne la moins sensible qu'elle ait jamais connue. Pas seulement quand il tue des chatons, mais tout le temps. Une fois qu'elle sera partie, elle est certaine qu'il allumera la télévision, comme si de rien n'était.

Il l'observe, impavide, les pupilles vides. Il s'habille lentement, met ses lunettes d'un geste délicat avant de parler. Dans chacun de ses gestes, on peut anticiper la fin. Dans sa manière de nouer les lacets de ses baskets. De replacer la boucle de sa ceinture, une fois qu'il l'a attachée. De lever les yeux sur Nat, de la fixer et de répéter les mots qu'elle a prononcés, *tuer des chatons*, quelle absurdité. Elle s'imagine avoir la capacité de comprendre et le droit de juger. Mais elle ne sait rien, dit-il. Elle devrait se taire un peu plus souvent. Regarder ce qui l'entoure et se taire.

Nat se mord les lèvres, riposte en retenant ses larmes.

— Tu parles comme mon propriétaire. Avec le même mépris. Vous vous croyez au-dessus des autres, tous les deux.

— Parce que ton propriétaire a raison. Ici, on obéit à d'autres règles. Et toi, tu ne les comprends pas. Ce n'est pas que tu ne les acceptes pas. C'est que tu es incapable de les comprendre.

— Quelles règles ? De quelles règles tu parles ? D'échanger de la main-d'œuvre contre du sexe, par exemple ?

Elle n'a pas le temps de regretter. Elle l'a dit et c'est irrémédiable. Andreas l'écarte d'un geste du bras, lui jette un regard dur. Assis sur le lit, il soupire profondément, se lisse les cheveux puis dit, avec un calme absolu, qu'il veut rompre.

— Rompre *quoi* ? demande Nat en tremblant.

— Rompre ce qu'il y a entre nous. Peu importe comment tu veux appeler ça. En finir. Rompre.

— Je savais même pas qu'il y avait quelque chose entre nous !

— Non ? Et venir tous les soirs dans mon lit, qu'est-ce que c'est ?

— C'est la question que je me pose tout le temps : qu'est-ce que c'est.

— Tu ne l'as jamais compris, pas vrai ? Alors du coup tu m'espionnes, tu rôdes autour de la maison pour voir si je suis là ou non... Parce que tu ne comprends rien.

— De quoi tu parles ?

— Tu sais bien de quoi je parle. C'est fini. Tu as épuisé ma patience.

Nat entend les mots sans les assimiler. Elle perçoit les sons, mais n'en saisit pas le sens. Un changement a commencé à s'opérer en elle. Sa fureur se dissout et cède le pas à un vide dont l'écho assourdit tout son corps. Elle est tombée au fond d'un puits où elle est en train de se noyer. Elle se frotte les yeux avec les poings, en l'observant déjà d'un autre point de vue. Sa voix – sa propre voix – lui semble très lointaine, comme si elle était émise à distance, hors d'elle.

— Non, non, non... Tu ne parles pas sérieusement.

Andreas ne répond pas. Une profonde immobilité la pétrifie : elle est déjà hors de combat. Elle reste encore un peu là, paralysée, assise par terre maintenant, une chaussure enfilée, l'autre non, le chemisier ouvert. Dans l'attente.

— Il vaut mieux que tu t'en ailles, dit Andreas après quelques minutes.

Nat se lève, finit de s'habiller et s'en va.

Ou plutôt, elle a dû se lever, s'habiller et s'en aller : elle n'en aura aucun souvenir plus tard, car elle agit comme une somnambule. Elle ne se rappellera pas non plus ce qu'elle a dit en s'en allant – si tant est qu'elle ait dit quelque chose – ; comment elle parcourt le chemin du retour ; comment, à cause de l'obscurité, elle avance presque à tâtons, trébuchant ; comment elle ouvre la porte de sa maison, se jette à plat ventre sur le matelas et serre son oreiller dans l'espoir d'étouffer la souffrance.

Chienlit vient au bord du lit, donne de légers coups de museau sur son visage, puis se couche sur le tapis, à côté d'elle. À part ce chien – le gardien de cadavres –, la voilà désormais seule, complètement seule. Autour, il n'y a que le silence : cet éternel silence fictif. Le moteur d'un quad crève l'air, au loin quelques chiens aboient, et en elle viennent se faufiler, limpides, de nouveaux mots : *le temps est le châtiment.*

Elle les prononce comme si elle les lisait, comme s'ils ne surgissaient pas d'elle, mais d'au-delà, de bien au-delà.

III.

Elle l'appelle le lendemain, puis le surlendemain, et encore après, ne pouvant croire qu'il va persister dans son refus de répondre, se promettant chaque fois que c'est sa dernière tentative, consciente de s'en remettre à lui, de s'agenouiller de manière indigne, et s'acharnant malgré tout, prête à débarquer chez lui, voire à se présenter au bureau d'études de Petacas si nécessaire. Le troisième jour, Andreas décroche, mais uniquement pour répéter sa sentence : il ne faut plus qu'ils se voient. Il le dit avec calme et assurance, sans se laisser troubler, sans crier. Il ne lui reproche pas ses nombreux appels précédents, ce harcèlement. Il ne lui reproche rien. Dans cette absence de nervosité, Nat comprend le caractère irrévocable de sa décision.

Mais elle ne peut s'avouer vaincue. Elle prie. Implore. Il met fin à la conversation. À partir de là, il ne décrochera plus jamais et ne répondra à aucun de ses messages. La fermeté d'Andreas, sa cohérence, ne tenait qu'à cela, se dit Nat : ne pas céder de terrain, ne pas se contredire.

La certitude que la limite a été atteinte la rend malade, littéralement. Elle se met au lit et n'en sort plus pendant plusieurs jours. Elle garde son portable à portée de main, le regarde toutes les cinq minutes, le glisse sous l'oreiller et le cherche à tâtons, abattue de sommeil mais incapable de s'endormir. Elle a la peau qui brûle de désespoir, incapable d'admettre qu'elle a perdu Andreas, son corps, tout ce qu'ils faisaient ensemble et qu'ils ne feront plus. Elle passe en revue encore et encore le déroulé des événements, les mots exprimés, l'ordre dans lequel ils ont été prononcés. Il l'a écartée de lui – l'a repoussée avec le bras, presque jetée par terre –, l'a expulsée de sa maison. C'est tellement atroce, tellement insupportable, qu'elle a envie de crier à la simple évocation de ce souvenir.

Inquiet de sa claustration, Piter lui rend visite. Qu'est-ce qui lui arrive ? Est-elle allée chez le médecin ? A-t-elle besoin de quelque chose ? Nat reste sur ses gardes, elle non plus ne veut pas céder de terrain. Elle lui demande juste d'expliquer au couple de vieux qu'elle ne pourra pas s'occuper d'eux pendant quelque temps, et d'acheter des croquettes pour Chienlit. Quelle ironie, pense-t-elle : Piter va se charger de nourrir le chien qu'il déteste.

C'est probablement lui qui a averti les voisins de son état, car le vendredi, à peine arrivée, la femme passe la saluer. Elle lui apporte tout un tas de petits sachets d'infusion soigneusement rangés dans une boîte en bois, chacun destiné à soulager une affection précise. Camomille, mélisse et tilleul, sauge, thym, valériane et menthe, remèdes simples pour les problèmes de digestion, l'insomnie, les douleurs articulaires, les douleurs liées aux règles et même la tristesse.

— La boîte est pour toi, tu peux la garder, c'est un cadeau.

Un cadeau sournois, pense Nat, comme si tôt ou tard tous ces maux allaient l'affliger, mais elle la remercie de l'attention. La voisine minimise. Ils sont là pour l'aider, dit-elle ; elle ne doute pas un instant que, dans la situation inverse, Nat en ferait tout autant. Nat observe son ventre naissant sous le vêtement en coton indigo. Elle la regarde comme si elle la voyait pour la première fois et elle lui semble beaucoup plus séduisante que lorsqu'elles ont fait connaissance, ses cheveux plus soyeux, sa peau plus jeune, une élégance naturelle qui provoque soudain en elle un malaise. Pratiquement sans prendre le temps de réfléchir, elle demande à brûle-pourpoint :

— Qu'est-ce que tu as contre Andreas ? C'est quoi, le problème ?

Ses mots sonnent beaucoup plus durement qu'elle ne l'aurait voulu. Comme une question offensive, pense-t-elle : du coup, la voisine va se sentir attaquée et s'abstenir de répondre. Mais celle-ci incline la tête, l'air de soupeser la question ; puis elle la redresse et botte en touche en souriant.

— Rien. Je n'ai rien contre lui.

— Mais tu m'as interdit de l'amener chez vous !

Elle conserve son sourire, imperturbable.

— Interdire est un terme excessif. Je t'en ai seulement fait la demande.

— Mais pourquoi ?

Elle se masse à nouveau le ventre, en se dandinant.

— Pour rien. C'est juste que je le connais à peine. On n'est pas en confiance.

Dans l'après-midi, c'est le voisin qui vient lui rendre visite. Il propose ses services si jamais elle a besoin qu'on lui apporte quelque chose, ou besoin d'une aide quelconque. Elle a vraiment l'air si mal en point ? pense Nat. Ou bien ont-ils deviné la véritable origine du mal et se réjouissent-ils de sa punition ?

Dans la voix du voisin, pointe une nuance d'espoir inappropriée. Sa femmc sait-elle qu'il est là ? L'a-t-elle envoyé en mission ou est-il venu de son propre chef ? Nat le regarde fixement et sent qu'il vacille, comme s'il voulait exprimer davantage que ce qu'il dit, avec ses yeux humides – ou liquéfiés – et ces quelques secondes d'hésitation qui se prolongent de manière significative.

Le voisin ne sait pas sourire sans inclure dans le même geste la grimace du mensonge. Ou, davantage que du mensonge, de la dissimulation. Un instant, Nat songe qu'ils sont de la même espèce, tous les deux.

Elle fait des cauchemars dont elle sort épuisée. Parfois, il suffit qu'elle s'assoupisse quelques minutes, peu importe l'heure, pour que durant ce bref laps de temps toute une légion d'êtres traverse ses rêves – des gens sans visages, des animaux doués de parole qui s'adressent à elle, lui donnent des ordres ou la maintiennent recluse dans des lieux sombres et labyrinthiques. À son réveil, elle regarde autour d'elle et sa chambre lui paraît totalement étrangère. Chaque meuble, chaque objet demeure à sa place, et pourtant quelque chose a changé. C'est palpable dans l'atmosphère, comme une soudaine baisse de température, ou l'effacement des couleurs sur une vieille photo. Comme si le monde avait décidé de continuer de tourner, se métamorphosant, tandis qu'elle reste pour sa part définitivement coincée loin derrière.

À quel point elle déteste la maison ! À quel point ses efforts pour l'arranger ont été stériles ! Son ambition de laisser sa marque en la nettoyant et en la décorant s'est avérée totalement vaine. On dirait que ses affaires personnelles ont été découpées ailleurs puis plaquées là, dans une sorte de collage raté. Elle regarde la table avec ses papiers, l'ordinateur portable, ses livres, les rideaux qu'elle a cousus pour la cuisine, le vieux bougeoir en cuivre – si beau –, la coupe à fruits en céramique. Tout grince. Tout a grincé dès le début, se dit-elle : elle n'appartient pas à ce lieu, elle n'y a jamais appartenu.

Deux semaines entières ont passé. On est à nouveau dimanche. C'est à son tour de déplacer une pièce pour relancer la partie, bien qu'elle ignore laquelle et dans quelle direction.

Elle sort faire une balade.

Elle suit un chemin de terre qui débouche sur la maison du vieux couple, un chemin qui longe des vergers ainsi que des enclos à poules et à cochons. Elle les aperçoit au loin, tous les deux, assis sous la treille où les raisins n'en finissent plus de gonfler. Elle les a abandonnés, elle n'est même pas passée prendre de leurs nouvelles. Devrait-elle le faire ? Oui, mais plus tard, se dit-elle. Elle observe les orangers en fleur. Phénomène insolite que cette floraison tardive, lui a expliqué Piter, conséquence de la chaleur inhabituelle de cet automne, même si, pour sa part, elle ne parlerait pas de chaleur mais d'une stagnation de l'atmosphère, comme si l'air ne circulait plus et que le courant s'était immobilisé à mi-hauteur, pas sur les pieds ni sur le visage, mais quelque part au niveau des hanches, pour entraver sa progression.

Elle marche seule. Chienlit l'a suivie sur une centaine de mètres, puis il s'est arrêté au milieu du chemin, la regardant avancer, indifférent à ses appels, avant de faire demi-tour de son trottinement disgracieux. Nat s'approche des orangers, découvre qu'une bonne partie des feuilles sont couvertes de pucerons. Certaines, totalement envahies par ces bestioles, se replient sur elles-mêmes, desséchées. Le ciel pâle, presque sale, est teinté de jaune par une colonne de feu qui s'élève au loin. Il flotte une odeur de fumée et de fleur d'oranger, et de bouse aussi, tout mélangé. Un peu plus loin, se trouve la maison de la fratrie incestueuse, avec ses tags rouges, CHÂTIMENT DIVIN, HONTE.

À travers les fenêtres vides – encadrements arrachés, vitres brisées –, Nat se penche à l'intérieur, rempli de détritus et de mouches. Elle entre, tout en sachant qu'il n'y a rien à voir – rien de bien –, et là, entre ces murs où l'air s'épaissit, une certitude insupportable la saisit. Tout ce qu'elle peut faire sera inutile, peu importe la pièce qu'elle déplacera : elle ne récupérera jamais Andreas.

Elle l'a perdu.

Elle l'avait, et elle l'a perdu.

Cette certitude lui déchire les muscles, un par un. Elle croit qu'elle va mourir de douleur, elle croit qu'il est possible de mourir ainsi, seule, entre les ruines de cette maison. Elle tombe presque à genoux, mais se retient. Appuyée au mur, elle tente de retrouver une respiration régulière. Elle a la sensation de contempler la dernière scène de sa vie. C'est ça, la véritable souffrance, pense-t-elle. Il va se produire quelque chose de terrible, pense-t-elle ensuite.

C'est un peu plus tard, de retour chez elle, qu'elle aperçoit l'agitation : des formes confuses d'abord, puis des gens rassemblés, se déplaçant autour de quelque chose, la poussière que soulèvent deux voitures – le monospace des voisins qui démarre juste à cet instant –, et des cris amortis par la distance. Elle presse le pas tandis qu'un sombre pressentiment prend forme au fond d'elle. Elle avance sans rien comprendre, bien que les cris proviennent maintenant d'individus réels, ce sont ceux de la voisine montant dans la voiture en marche, et de son fils qui braille, tapant du pied parce qu'on le laisse seul. Il y a aussi un groupe de deux ou trois hommes ; l'un tient un bâton – ou un objet qui ressemble à un bâton – et rôde près de la maison de Nat. Le monospace est déjà loin, on distingue à peine ses contours dans la poussière. Que se passe-t-il, se demande-t-elle en hâtant le pas, qu'est-ce qui se passe, jusqu'à ce qu'elle voie que l'un des hommes court vers elle et l'appelle, mais son ton ne relève pas tant de l'avertissement que de l'accusation, comme si elle était coupable de quelque chose, eh, dit-il, eh ! crie-t-il, et après, tout va très vite. C'est le chien, disent-ils, cette bête sauvage. Où était-elle pendant tout ce temps ? La petite est défigurée. Pourquoi elle ne l'a pas laissé attaché ? Elle ne sait donc pas qu'il est dangereux ? Et il est où, maintenant, ce démon ? Il faut qu'elle le leur donne, disent-ils, ils vont lui régler son compte, pauvre petite, si elle la voyait maintenant, si elle voyait ce qu'il a fait. Nat comprend à peine ce qu'on lui raconte. Elle regarde le garçon devant la porte, qui se tient la tête entre ses mains – se griffant les joues avec ses ongles –, hurlant de panique, et elle voit une femme – la propriétaire du magasin – qui le prend dans ses bras et l'emmène de force. Quelqu'un lui ordonne de s'en aller immédiatement, d'aller chercher le fauve, qu'elle quitte les lieux si elle ne veut pas se faire trucider ici même, qu'elle disparaisse au moins jusqu'à ce que cette pauvre femme soit certaine que sa fille est hors de danger, cette femme enceinte, la mère dont l'enfant a le visage détruit et dont apparemment Nat a fait le malheur.

Elle part s'enfermer dans sa maison, si tant est qu'elle puisse la dire sienne, si tant est qu'elle puisse l'appeler maison. Elle n'a pas d'autre choix, où irait-elle sinon ? Où qu'elle aille, quoi qu'elle dise, elle se heurtera toujours au rejet. Le seul qui vient la voir, c'est Piter. Il l'observe d'un air inquiet, les yeux plissés. Nat est recroquevillée sur le canapé, le regard perdu quelque part au mur, les pupilles fixes. Piter essaie de lui remonter le moral, mais elle ne l'écoute qu'à moitié. Les blessures de la petite ne sont pas si graves apparemment, lui dit-il. Il restera des cicatrices, mais on peut toujours avoir recours à la chirurgie plastique. Piter explique quelque chose à propos des joues, ou d'une joue en particulier. Sa tête, à lui, est divisée en deux par l'ombre. Comme il est assis en face d'elle, Nat ne distingue que la moitié de son visage. Piter paraît beaucoup plus jeune, avec sa barbe négligée et ses pommettes adoucies par la pénombre, ou alors c'est elle qui a vieilli et qui l'observe depuis une autre époque. Sa voix basse et rassurante continue d'expliquer ce que Nat ne peut comprendre pour le moment. C'est tellement fatigant d'écouter quand on n'a rien à ajouter, pense-t-elle confusément. Était-ce cela que ressentait Andreas quand elle lui parlait ? Ce qu'il endurait en écoutant ses bavardages ?

— Quoi qu'il en soit, tu devrais sortir et proposer ton aide. T'inquiéter de l'enfant. Elle n'a que six ans, la pauvre petite.

Pauvre petite, répète Nat, puis :

— Ce n'est pas de ma faute.
— Non, bien sûr que non.
Piter lui prend la main, la lui sert.
— Maintenant, tout le monde me déteste.
— Ils ne te détestent pas. Mais tu dois collaborer. Tu ne peux pas refuser.

Collaborer signifie leur livrer Chienlit dès qu'il reviendra, pour qu'ils le sacrifient. Le chien – ce malin – a fui et n'a toujours pas donné signe de vie. Est-il capable de comprendre ce qu'il a fait, d'anticiper les conséquences ?

Accompagnés par deux agents de police venus de Petacas, les hommes de La Escapa font des battues dans les environs, à sa recherche. Ils sont allés jusqu'au Glauco et monteront au sommet s'il le faut. Le propriétaire du magasin a pris la tête de l'expédition. C'est le plus indigné, le plus déchaîné de tous, comme si sa propre enfant avait été mordue. Les insultes qu'il lui a balancées résonnent encore aux oreilles de Nat. Le gitan a été le seul à la défendre sur le moment. Laissez la fille tranquille, a-t-il dit. Mais après, il s'est joint aux autres pour sillonner la campagne. Nat se souvient de tout avec stupeur. Incapable de se défendre.

L'idée de sacrifier le chien l'épouvante. Il lui semble qu'en le tuant, elle s'enfoncerait encore davantage dans la disgrâce. Pas la disgrâce de la petite fille, ni celle des parents de la petite fille, ni même sa propre disgrâce, mais celle du monde en général, un genre de fatalité irrévocable, comme si le sacrifice d'un seul animal – de cet animal-là – allait définitivement altérer l'ordre des choses.

— Tu te rends bien compte qu'il représente un danger ? Que ce qu'il a fait à cette enfant, il peut le faire à d'autres ?

— C'est elle qui a sauté la barrière, qui est entrée pour jouer sans permission. Chienlit ne l'aurait pas attaquée si elle n'avait pas sauté. Et puis, ils étaient où ses parents ? C'était pas très responsable de la laisser seule, non ?

Piter se redresse, écarquille les yeux, scandalisé.

— Ne dis pas ça ! Ne t'avise pas de dire ça à qui que ce soit ! Tu vas avoir de gros problèmes !

— Et après ?

— Tu es nerveuse. Tu ne sais plus ce que tu dis.

Nat acquiesce. Elle le laisse s'approcher, remonter la couverture sur elle.

— Tu as besoin de te reposer. Je reviendrai demain.

Cette fois, le silence est différent, théâtral, comme une représentation qui ne serait donnée que pour elle, à seule fin de la tromper. Ils devraient tous être en train de dormir, mais assurément personne ne dort. Nat imagine les hommes de La Escapa cherchant le chien. Le cherchant avec des fusils de chasse et des bâtons, prêts à le lyncher dès qu'ils l'auront débusqué. Ils vont le tuer comme ça, avec cruauté, lui rendant tout le mal qu'il a fait ? Elle s'endort, sombre dans une torpeur fébrile. Elle rêve de torches, leurs flammes étincelantes, vacillantes à l'horizon. Elle rêve aussi d'Andreas, de ses mains la touchant, la caressant, apparaissant et disparaissant. Quand elle se réveille, une lumière ocre s'infiltre à travers les persiennes. Plusieurs heures ont dû s'écouler, qui lui ont paru des minutes. Elle entend un gémissement derrière la porte – un gémissement tout bas, doux, presque humain. Quelqu'un griffe le bois. Elle bondit, ouvre la porte. Chienlit est sur le seuil, ses yeux fixant les siens. Il a le poil sale et une nouvelle blessure à la patte, mais son regard est plus limpide que jamais. C'est un miracle qu'il soit arrivé jusqu'ici sans être vu. Un authentique miracle, se dit-elle. Pourquoi tuer une telle créature ?

Ils ne peuvent pas s'échapper tous les deux, car dès qu'elle fera démarrer la voiture, ils lui bloqueront le passage et la lyncheront elle aussi. Et si elle reste à l'intérieur, des jours et des jours sans se montrer, ils briseront les vitres dès qu'ils entendront Chienlit aboyer, défonceront la porte comme chez le frère et la sœur incestueux, les captureront sur place et il n'y aura pas d'échappatoire. Un animal traqué, pense-t-elle, voilà ce qu'elle est. Comme Chienlit, qui continue de la regarder en gémissant faiblement.

L'unique solution serait d'obtenir l'aide de Piter. Elle peut toujours tenter le coup. Elle pourrait le convaincre en choisissant les bons mots, en lui faisant comprendre à quel point le salut d'un chien est important pour tous – pour la communauté. Elle lui téléphone. Lui demande de venir dès que possible, sans expliquer la raison de l'urgence.

Piter reste muet quand il entre et découvre la présence de Chienlit. Son regard passe du chien à elle, dans l'expectative. Nat se met à parler, avec précipitation. A-t-il amené la voiture ? Oui ? Peut-il les conduire en cachette ? Avec lui, ils ne se méfieront pas. Qu'elle puisse le laisser dans un refuge. Ou n'importe où, dans un autre village. Qu'il y ait le plus de kilomètres possible entre lui et La Escapa. S'il reste ici, ils le battront à mort.

— Tu es folle, l'interrompt-il.

Mais Nat continue de parler. Il n'a qu'à imaginer que c'est sa chienne, dit-elle. Est-ce qu'il ne lui laisserait pas une chance de se racheter ? Même au plus abject des criminels, on accorde un droit de défense. Il ne se souvient donc pas de ce qu'il a dit sur la vipère ? Que la seule chose à faire, c'était de l'éloigner ? Elle le saisit par les épaules, le secoue. Il a toujours dit qu'il était son ami. Son véritable ami. Et que si elle avait besoin d'aide, elle pouvait compter sur lui. C'est exactement ce qu'elle est en train de faire. Pourquoi il ne la soutient pas ?

— Parce que ce que tu me demandes est une folie. Non seulement ce n'est pas dans ton intérêt, mais ça te fera du tort. Tu es bouleversée, tu ne peux pas le comprendre. Avec le temps, tu me remercieras.

Nat enrage. Lui aussi, il va la rejeter ? Il se rallie aux autres, maintenant qu'elle est la pièce la plus faible de l'échiquier ?

— C'est une question de sécurité. Et de justice. Tu ne peux pas lutter contre ça, ajoute-t-il.

Nat fait volte-face, détourne le regard, lui ordonne de quitter sa maison. Piter sort en traînant les pieds. Mais ce n'est pas lui le condamné, pense-t-elle, à quoi rime cette façon de marcher, si théâtrale ? Il est probablement bien content que son pronostic se voit confirmé. Ce chien ne t'apportera que des ennuis, avait-il dit. Ça ressemblait à une malédiction, et le résultat était là.

Peut-être précisément pour cette raison, pour avoir vu juste dans ses prédictions, Piter s'arroge le droit de la dénoncer, car c'est bien lui qui a dû la dénoncer, vu que moins d'une heure plus tard deux agents de police frappent à sa porte.

Nat ne peut les empêcher d'emporter Chienlit. Résister n'a plus aucun sens.

Puis Joaquín frappe à la porte à son tour, l'air affligé, se tordant les mains. Nat l'invite à entrer, mais il préfère rester dehors, ne pas franchir le seuil. Les yeux baissés, il dit qu'il vaut mieux qu'elle ne travaille plus pour eux pendant un certain temps.

— Au moins jusqu'à ce que la situation se calme.

Sinon, personne ne comprendrait, ajoute-t-il. Ils s'entendent bien avec tout le monde, mieux vaut éviter les conflits qui pourraient altérer la santé de Roberta. Nat ne se défend pas. Elle lui donne même raison. Le chien a mordu la fille, le chien était à elle, c'est donc elle la coupable. Ce n'est que justice. Il n'y a rien de plus à dire, rien à débattre.

Joaquín s'excuse encore. Sur ses joues ridées, on distingue le rouge de la honte.

— Je n'ai rien contre toi. Quand tout ça sera passé, tu pourras revenir.

Le soir même, elle aperçoit Roberta qui se repose sous le porche, sur la vieille chaise longue où elle a l'habitude de s'asseoir pour prendre le frais. La vieille dame lui fait signe de s'approcher. Nat hésite, elle ne veut pas leur porter préjudice ni désobéir aux ordres de son mari, mais finalement, elle s'appuie à la grille, à distance adéquate pour discuter.

— Quoi de neuf, Roberta ? Comment ça va ?

D'un air boudeur, Roberta parle de son fils. Il avait promis de l'emmener en Italie, dit-elle, mais il a oublié sa promesse. Après avoir acheté des vêtements neufs pour le voyage, répète-t-elle, il l'a oubliée. Nat sait qu'ils ont un enfant qui vit à l'étranger, qu'ils ne voient jamais et qu'ils évoquent à peine, mais le discours de Roberta ne lui semble pas très logique.

— Il s'est perdu sur le mont Glauco, dit-elle à présent. Il s'est perdu là-bas, petit, quand il n'avait pas encore de barbe. Il avait des cheveux sur le visage, plutôt que de la barbe.

— Ça ne veut pas dire grand-chose, Roberta.

La vieille dame tourne la tête de profil, comme si elle voulait changer de sujet de conversation.

— Peu importe.

Elle a les cheveux humides ; Joaquín vient probablement de les lui laver et l'a installée devant la porte pour qu'ils sèchent à l'air libre. Ça lui va bien, les cheveux derrière les oreilles. Nat le lui dit :

— Tu es très jolie, Roberta.

— Pourquoi tu ne viens pas t'asseoir avec moi un moment ? Je m'ennuie toute seule ici.

— Je n'ai pas le temps, là. Mais je suis sûre que ton mari serait content de te tenir compagnie et de bavarder. Demande-lui.

— Oh, il ne parle pas comme moi. On ne se comprend jamais. Tu ne t'en étais pas rendu compte ?

— De quoi, Roberta ?

— Que cet homme ne me comprend pas.

— Tu parles de ton mari ? Bien sûr que si, il te comprend !

— Penses-tu. Personne ne comprend personne dans ce patelin.

— Oh, c'est partout la même chose.

— C'est pire à La Escapa, bien pire. Tu ne vois pas que personne n'est né ici ? Tout le monde vient de l'extérieur. Chacun parle une langue différente. Anglais, français, allemand… russe ! Chinois !

Nat rigole.

— Qu'est-ce que c'est que cette histoire, Roberta ? Ici, on parle tous la même langue.

La vieille dame émet un bruit de bouche agacé et fait un geste dédaigneux de la main.

— Penses-tu ! Tu divagues complètement ! Tu vois ? Ce coup-ci, toi non plus tu ne me comprends pas.

Elle n'oublie pas Andreas. Sa nostalgie reste immense. Parfois, ses seins gonflent sous l'effet du désir, tout son corps fourmille d'angoisse à son seul souvenir. Et pourtant, les traits de son visage ont commencé à s'effacer. Elle ferme les yeux et tente de les retenir, mais ils s'évanouissent malgré tout. La sensation de perte s'étend, gagnant rapidement du terrain sur la mémoire. Une nuit, elle rêve à nouveau de lui, mais c'est un homme plus grand, plus élégant. Dans son rêve, règne une sérénité huileuse dans laquelle elle s'enfonce pour nager. Les mouvements de brasse sont faciles, elle contemple les rayons de lumière tamisés par l'eau, la nuance verdâtre du lit d'une rivière et l'éclat argenté des pierres au fond. À son réveil, elle pense : non, cet homme n'était pas Andreas.

Un autre jour, il lui semble le reconnaître au loin. Ce qu'elle ressent est impossible à décrire. L'image la plus proche serait celle d'une fenêtre d'où l'on devinerait un paysage d'un autre monde en se penchant. Un monde désormais lointain, incompréhensible et douloureux. Mais n'était-ce pas comme ça depuis le début : lointain, incompréhensible et douloureux ? Si, se répond-elle, mais avant elle était à l'intérieur, et non pas au-dehors.

Elle ne retourne pas l'espionner – s'il la découvrait à nouveau en train de l'épier, elle ne s'en remettrait pas ! – mais elle observe sa maison de loin, la porte en général fermée – lui qui la laissait ouverte –, la fourgonnette presque toujours absente. Où passe-t-il tout son temps désormais ?

Il règne un calme étrange alentour, troublé seulement par d'infimes changements – la persienne fermée un jour et l'autre non, la brouette déplacée, des bottes de pluie à côté de la porte qui disparaissent le lendemain –, des changements qui prouvent qu'Andreas est toujours vivant. D'une certaine manière, ce constat lui paraît surprenant, car au fond elle a l'impression qu'il est déjà mort.

Comment considère-t-il ce qui s'est passé, le fait qu'ils l'aient tous répudiée ? Ressent-il de la compassion ? Ou croit-il, comme les autres, qu'elle est coupable ?

Tout est allé très vite. Si vite qu'elle n'en revient pas quand elle y songe. Elle a entamé un tube de dentifrice le jour où elle est arrivée à La Escapa, un tube dont elle se sert deux ou trois fois par jour, et elle ne l'a pas encore fini, il en reste environ un tiers. C'est incroyable, se dit-elle : être totalement chamboulée de l'intérieur, chavirée, avoir les sangs tournés puis retournés en moins de temps qu'il ne faut pour utiliser 125 millilitres de dentifrice.

Un jour, elle voit La Maisonnette ouverte, elle surmonte ses réticences et s'approche pour demander des nouvelles. Le voisin est seul. Il lui explique qu'il est venu jeter un œil à la maison et la contemple d'un air sérieux, une expression plus proche de la curiosité que du grief. Il lui dit que la petite va mieux, qu'elle récupère. Nat lui demande s'ils sont fâchés contre elle. Quand ce sera possible, lui dit-elle, elle aimerait aller les voir toutes les deux, l'enfant et la mère. Elle veut leur présenter ses excuses en personne. Il prend le temps de réfléchir avant de répondre. Il se caresse songeusement le menton, un geste que Nat trouve affecté. Non, dit-il, ils ne sont pas fâchés contre elle. Sa seule erreur a été l'imprudence. On ne peut pas récupérer comme ça, n'importe où, des animaux à moitié sauvages. Il y a des risques qui ne sont pas acceptables, répète-t-il, des risques qu'on n'a pas le droit de prendre sans en mesurer les conséquences. Nat aimerait préciser que Chienlit n'était pas à moitié sauvage, qu'il l'aimait bien, lui, elle l'avait même vu le caresser. Elle voudrait se défendre, mais elle sait qu'elle n'a pas droit à la défense.

Les pupilles du voisin oscillent légèrement sur elle, comme s'il la scannait. Ce qui a été vraiment douloureux, poursuit-il, c'est que Nat se soit opposée au sacrifice du chien. Ils avaient beaucoup perdu, leur fille avait beaucoup perdu, alors pourquoi Nat refusait de son côté la moindre perte ? C'est dans ces termes-là qu'elle doit comprendre les choses.

— Mais ne parlons pas de ça ici. Entre. Il fait froid.

Nat accepte, mais une fois à l'intérieur de La Maisonnette, ils ne reviennent pas sur le sujet. Tandis qu'il allume les lumières une à une et met en marche le chauffage dans le salon, il lui parle d'autres choses. Il évoque ses perspectives professionnelles. Il est gérant d'une compagnie d'assurances, mais son intention est de devenir indépendant et de monter sa propre agence. Être son propre chef, ce serait top, dit-il, c'est la seule façon de ne jamais se voir refuser une augmentation de salaire !

Il rit de sa propre blague, puis s'enquiert de son activité, à elle, mais sans écouter la réponse. Nat n'a pas l'impression qu'il soit tellement inquiet pour sa fille. Il se pourrait même que cette histoire ne le tracasse pas tant que ça, car sa conversation est détendue et il a presque l'air content au fond, avec cette voisine loin de lui déplaire, qui se retrouve désormais à sa merci, suite au regrettable accident avec le chien.

Elle est à sa merci, se répète Nat, ou bien ils sont mutuellement à la merci l'un de l'autre, via la possibilité de vendre et d'acheter le pardon, la défense, la restauration de l'honneur perdu. Il possède le pouvoir de la victime et, grâce à ce privilège, il est peut-être le seul capable d'intercéder en sa faveur. Mais, pour y parvenir, Nat devra expier sa faute, céder quelque chose en échange. Elle se délecte un instant de cette idée. Pourquoi pas ? N'est-ce pas ainsi qu'a commencé son histoire avec Andreas, par un échange de biens ? Le voisin la désire, c'est évident. Il l'a toujours désirée et peut désormais l'obtenir bien plus facilement que jamais. Nat l'imagine se lécher les babines, lui tournant autour comme un loup. Soudain, elle est prise de dégoût. Ces lèvres, ce corps, son poids sur elle, le contact stérile, soulignant la différence avec ce qu'elle a eu un jour, ce qu'elle a perdu et ne parvient toujours pas à oublier. Elle a envie de vomir.

Le voisin retire sa veste. Nat boutonne la sienne, prend congé et s'en va.

Un esprit de concorde se répand sur La Escapa, symbolisé par les guirlandes de Noël que les propriétaires du magasin accrochent aux arbres, petites lumières qui clignotent rythmiquement pour rappeler que l'année touche à sa fin et qu'ils doivent tous se métamorphoser en citoyens de bonne volonté. Personne ne détourne plus la tête à son passage, il n'y a plus de regards de travers ni d'air offensé, du moins rien de visible. Au magasin, la fille se remet à la traiter avec un certain naturel, si ce n'est exactement comme au début, oubliant ou faisant comme si elle avait oublié l'événement. Les gitans lui proposent un chiot podenco, un animal qui ne lui causera aucun souci, lui assurent-ils, mais Nat refuse, épouvantée à la seule idée de renouveler la tentative. Joaquín lui glisse qu'elle peut revenir chez eux quand elle le souhaite – il le dit en rougissant, les yeux rivés au sol. Même Piter lui présente des excuses. Il admet qu'il n'a pas su gérer la situation, il sait qu'il l'a déçue, mais ce n'était pas simple de trouver une solution, le dilemme était abominable.

Nat espère que le retour de la voisine et des enfants impliquera un retour à la normale, quand bien même cette normalité demeure tout à fait instable. Aucun coupable n'est pardonné s'il ne reçoit son châtiment, mais pour les habitants de La Escapa, pense-t-elle, la rupture avec Andreas a dû remplir cette fonction. Ils voient peut-être là – dans l'expulsion de cet état de bonheur ivre – une condamnation suffisante. Ils ne l'auraient probablement pas graciée si elle s'était vautrée comme une truie avec son amant pendant que la pauvre petite, en plein traitement, pleurait encore – ce sont, croit-elle, les mots qu'ils auraient employés : *se vautrer*, *truie*. Grâce à cela, au fait qu'elle ne se vautre pas avec son amant, Nat ose sortir à découvert.

La nuit de Noël, elle accompagne Piter au bar du Gros, où ils se joignent à d'autres pour boire un verre. La soirée passe vite, ils mangent avec appétit, plaisantent, débouchent le champagne et entonnent des chants de Noël. La fille du magasin est ivre et danse debout sur un tonneau de bière, se dandinant de manière obscène. Son père, tout aussi ivre, la fait descendre de là, plié de rire. Nat a l'impression que cette nuit tout est permis, tout est pardonné, y compris les vieilles rancœurs entre le patron du magasin et le Gros. Alors elle regarde le rideau de perles de l'entrée, tournant la tête dès qu'il bruisse au passage d'un nouveau venu. L'alcool la grise d'une trouble espérance. Et si Andreas apparaissait ? L'idée même lui fait palpiter le cœur. Mais Andreas n'apparaît pas.

Confuse, émue, elle échange des embrassades au moment de s'en aller, à l'aube, des embrassades chaleureuses dans le froid de la nuit. Sur le chemin du retour, elle est tentée de s'approcher de chez Andreas. Juste un petit coup d'œil de loin, se dit-elle, il n'y a rien de mal à être un peu curieux. Sera-t-il là ou non ? Y aura-t-il de la lumière ? Entendra-t-elle de la musique ? Aura-t-il de la compagnie ?

Mais quand elle s'engage sur le chemin, les silhouettes des figuiers de barbarie dans le noir – formes sinistres, menaçantes – la poussent à faire demi-tour, comme un avertissement.

Elle revient des courses quand elle voit sa voisine à l'entrée de La Maisonnette, en train d'arroser les jardinières. Elle reste figée, les bras chargés de sacs, pantelante. Quand elle se remet en marche, l'air s'est tellement raréfié qu'elle a du mal à avancer. Elle sait qu'elle doit immédiatement aller la saluer mais elle progresse lentement, écartant les mots qu'elle ne doit pas prononcer, choisissant à l'inverse les plus adéquats, avec la même prudence que lorsqu'elle traduisait jadis, même si pour l'heure elle ignore le sens du texte original.

La voisine la reçoit avec un sourire, embellie par un pull couleur moutarde, un pantalon ample de femme enceinte, ses cheveux attachés, les pommettes brillantes. Nat est surprise par son attitude. Cet accueil, se dit-elle, mais elle ignore comment poursuivre sa pensée. Cet accueil.

Elles s'embrassent. La voix de Nat se brise quand elle demande des nouvelles de l'enfant. La voisine lui répond qu'elle va bien mieux. Elle l'appelle pour qu'elle la voie et la petite, obéissante, surgit du fond de la maison. Malgré sa longueur, la cicatrice qui lui traverse la joue de part en part ne parvient pas à enlaidir ses traits extrêmement délicats, même s'ils sont encore en devenir. Elle a aussi quelques marques plus petites sur le menton et dans le cou. Mais ce qui frappe le plus chez elle, c'est sa gravité. Elle fixe Nat de ses yeux inexpressifs.

— Ils nous ont dit qu'avec le temps, les cicatrices seraient à peine visibles, explique sa mère. C'est l'avantage d'être une enfant. La peau se régénère à merveille.

Nat a les yeux humides. Elle leur demande pardon à toutes les deux. Si seulement elle pouvait remonter le temps, dit-elle. Elle est vraiment désolée pour la douleur qu'elle a causée. Vraiment vraiment désolée, répète-t-elle. La petite fille demeure imperturbable. La voisine pose une main sur le bras de Nat pour la rassurer, s'écarte de la porte pour la laisser passer. Nat entre sans lâcher ses sacs. Sonnée, elle s'assoit à la place qu'on lui indique, cherche du regard le voisin, l'autre enfant.

— Ils ne sont pas là, dit la voisine sans qu'elle ait posé la question.

Puis elle propose un café. Pendant qu'elle le prépare dans la cuisine, la petite reste debout à côté de Nat, en silence. Elle a perdu ce regard propre aux enfants qui n'ont pas de passé ; ce sont ses yeux, bien plus que ses cicatrices, qui témoignent de l'existence d'un avant et d'un après, d'une faille temporelle. Nat tente de dialoguer avec elle, mais la fillette répond uniquement par monosyllabes. Son expression condense à elle seule son verdict inébranlable. Elle a déjà rendu son jugement, et il n'est pas favorable.

— Elle est très introvertie, dit la voisine en revenant.

Elles parlent de sa grossesse, de Noël. Comment s'est passé le réveillon ? Est-ce qu'ils se sont bien amusés au bar du Gros ? Eux, ils devaient rester en famille, évidemment – ses parents à elle, sa mère à lui –, les petits manquent beaucoup à leurs grands-parents, mais ces jours-ci, ils avaient envie de se retirer à la campagne, d'organiser une excursion. Elle peut se joindre à eux, si ça la tente. Nat se sent mal à l'aise. À quoi rime une telle amabilité ? Elle a du mal à discuter comme s'il ne s'était rien passé, mais elle imagine que c'est ce qu'on attend d'elle, et qu'elle doit faire un effort. La voisine parle maintenant des frais. Les frais que représentent les aménagements – le projet de piscine, mais aussi la cuisine, qu'il faut complètement rénover –, et puis les cadeaux de Noël, le chauffage, les frais médicaux… Nat réalise alors. L'idée ne l'avait pas effleurée avant. Elle ne sait pas si cette remarque est arrivée par hasard ou si sa voisine l'a glissée intentionnellement dans la conversation, mais elle ravale sa salive et pose la question.

— Ça a coûté… très cher ?

Oh non, s'empresse de rectifier la voisine, elle voulait parler des frais liés à la grossesse. Elle va chez un gynécologue prestigieux, le même qui s'est occupé de ses accouchements précédents, il n'est pas question de lésiner sur ces choses-là. Pour la petite, l'assurance a tout pris en charge. Heureusement, ajoute-t-elle, Nat n'a aucun souci à se faire. Le passé, c'est le passé. Elle s'approche davantage, se penche un peu, baisse la voix. Tout en parlant, elle frôle du bout du doigt le rebord de sa tasse, prenant son temps pour articuler chaque mot.

— Tu sais, si on avait voulu t'emmerder, on aurait porté plainte.

Nat reste immobile, incapable de réagir. Cette façon de parler, d'un coup, c'est comme une claque en plein visage.

— Pardon ?

— Porter plainte. Je dis qu'on aurait pu porter plainte contre toi. Mais on ne l'a pas fait. Si on avait eu l'intention de t'emmerder, de t'emmerder bien comme il faut, on l'aurait fait, parce que tu étais perdante sur toute la ligne. Donc, tu vois, nous n'avons pas l'intention de te faire payer. Tu devrais te détendre.

Nat acquiesce, perplexe. Elle a du mal à déchiffrer si le sourire de la voisine atténue ou accentue l'agressivité de ses paroles : un sourire tendu, qui dévoile sa magnifique dentition. Elle cherche l'enfant du regard, qui s'est assise par terre, dans un coin. Elle joue avec une console, soi-disant concentrée mais sans jamais perdre le fil de la conversation – s'avise Nat. La voisine change de sujet, son sourire s'adoucit presque imperceptiblement, et elle se met à parler de son mari. Il est allé faire les courses à Petacas, explique-t-elle, ça devient de plus en plus compliqué de trouver le minimum nécessaire au magasin. Ce qu'elle a dit il y a quelques minutes à peine semble à présent le fruit de l'imagination de Nat et pourtant, elle sait bien que non, que cet effet de surprise faisait partie de la mise en scène : un scénario fort bien étudié qui se déroule comme prévu, point par point. Nat n'écoute plus, elle veut déguerpir au plus vite, mais ne sait comment couper court. La voisine jacasse, de nouveau avachie contre le dossier du fauteuil. Par moments, la petite lève les yeux de la console, les examine d'un air grave, puis revient à son jeu. Nat s'invente une excuse. La gazinière, murmure-t-elle. Elle a laissé la gazinière allumée. Mieux vaut qu'elle se dépêche, ajoute-t-elle, c'est un vieux modèle, ça pourrait prendre feu à tout moment.

Sur le seuil de la porte, la voisine la saisit par l'épaule. Cette fois c'est le prénom d'Andreas qu'elle prononce, pas l'Allemand comme elle le faisait jusqu'alors, directement Andreas.

— Je suis bien contente qu'il t'ait quittée.

Ses yeux étincellent en disant cela. Nat voudrait protester, voudrait demander d'où elle sort cette information, mais elle se contente de sourire. Le sourire idiot des clowns, pense-t-elle : la blessure de la petite octroie à cette mère toute légitimité pour agir comme elle le fait, le droit de continuer à la traquer comme quelqu'un qui s'introduit dans une maison par effraction. Elle lui dit qu'Andreas est un être sombre, manipulateur et malhonnête. Elle le connaît très bien. Très bien, répète-t-elle, et ces deux mots se dilatent, ils contiennent tout un langage, tout un monde privé et secret auquel Nat n'a pas accès. Nat pourrait lui rappeler qu'elle avait dit exactement le contraire, qu'elle avait prétendu à peine le connaître. Elle pourrait demander des détails, elle pourrait repousser son départ et essayer de comprendre. Mais l'envie de fuir, de s'éloigner l'emporte. Elle prend ses sacs, sourit de nouveau et s'en va sans se retourner.

En rangeant les courses dans le frigo, elle découvre plusieurs œufs cassés et deux pots de yaourt ouverts et vidés. Quand est-ce arrivé ? Qui a fait ça ? Elle ne se rappelle pas avoir laissé les sacs sans surveillance un seul instant. À présent, c'est cela – les œufs cassés et les pots de yaourt vides – qui l'inquiète davantage que le reste de l'épisode.

Le propriétaire se présente le 30 décembre, de mauvaise humeur. Fixant le sol, il commence à grommeler qu'on lui a demandé le double du prix normal pour un chevreau. Ils profitent que tout le monde – tous les crétins, dit-il – cherche un truc spécial pour le dîner du réveillon, mais lui, un tel culot, il en a ras le bol. Ras le bol, répète-t-il. Nat feint l'indifférence et va chercher l'argent. Qu'est-ce qu'on en a à foutre que ce soit la fin de l'année ou pas, continue le propriétaire en s'installant sur le canapé, si ça tenait qu'à lui, on boufferait des patates sautées, on boirait deux ou trois pintes et basta. Mais les bonnes femmes, dit-il, elles compliquent toujours tout, à vouloir célébrer les dates spéciales, les fêtes, les anniversaires, à en faire des tonnes avec la bouffe, comme si on finissait pas par chier tout ça de la même manière. Il s'essuie la salive dans sa manche, adresse à Nat un large sourire moqueur, puis lui parle du chien.

— Ça a foiré, hein ? dit-il en riant.

C'est de sa faute, ajoute-t-il, elle a pas su s'y prendre. Les chiens, ils sont pas si compliqués, faut juste les traiter avec un peu de poigne. Elle l'a tourneboulé avec toutes ses lubies, cette connerie de l'emmener chez le vétérinaire... Elle croit peut-être qu'il est pas au courant pour le véto ? D'un côté ces lubies, de l'autre cette manie de l'attacher au piquet. Ça l'étonne pas qu'il soit devenu fou. De toute façon, c'est trop tard pour regretter, ce que tu sèmes tu le récoltes. Toujours assis, il fouille dans ses poches et en sort les factures, pliées et froissées.

Nat fait le compte, lui donne l'argent. Il vérifie la somme, méfiant. Il se lève et la toise, jambes écartées, mains sur les hanches. Elle soutient son regard un moment, avant de s'avouer vaincue et de baisser les paupières.

— Et maintenant, qu'est-ce que tu vas foutre ici ?

Nat ne répond pas. Elle veut juste qu'il s'en aille.

— Maintenant que tu te tapes plus personne, je veux dire, qu'est-ce que tu fous ici ?

Quelque chose se déchire dans ses entrailles. Comme une pochette de gel froid qui se répand ensuite jusqu'aux extrémités, lui ramollissant les muscles, la terrassant. Elle fait un pas en arrière.

— Ou peut-être que tu t'en tapes un autre. Un de perdu, dix de retrouvés, pas vrai ? N'importe lequel fera l'affaire.

Il s'approche. Nat recule jusqu'au rebord de la table. Elle tente de s'esquiver, de s'éloigner, mais il l'attrape par le bras.

— Viens ici, murmure-t-il. Tu veux pas que je te fourre moi aussi ?

Nat veut crier, mais la terreur l'en empêche. Avant qu'elle y parvienne, il plaque une main sur sa bouche, et de l'autre lui serre le bras encore plus fort. Sa tête vient la frôler, il lui parle à l'oreille.

— Crie pas. Personne va venir t'aider.

Elle essaie de lui échapper, le repousse de toutes ses forces, mais le propriétaire fait preuve d'une résistance surprenante, l'empoignant, se serrant contre elle, son corps en sueur et en feu, dur, puant, la pressant, la coinçant contre le mur, lui tordant le bras tandis qu'il lui ordonne de se taire, la menaçant de l'attacher et de la bâillonner si elle n'est pas sage.

— Allez. Fais pas ta mijaurée. T'as déjà baisé avec l'Allemand et le hippie, avec ton voisin et peut-être même avec le vieux chez qui tu fais le ménage. Et moi alors, je mérite pas ma part peut-être ?

L'immobilisant contre le mur, il l'attrape par les cheveux, lui tirant la tête en arrière. Elle sent la lacération de la douleur, sa bave dans son cou, sur ses seins, son grognement tandis qu'il la soumet. Elle hurle, mais ce qui sort de sa bouche entravée n'a rien d'un appel au secours : sa voix étouffée, dépourvue d'humanité, est un croassement d'oiseau avant le sacrifice. Son corps se colle encore plus à elle, il l'écrase sous son torse puis s'écarte, crache sur le côté, rit aux éclats.

— T'as de la chance, p'tite. J'ai plus envie, d'un coup.

Nat se retient de vomir. Elle parvient enfin à crier. Elle hurle qu'elle va appeler la police, qu'elle va porter plainte, qu'elle va le raconter à tout le monde, et tout de suite.

— Ah oui ? À tes voisins aussi ? Tu penses qu'ils vont prendre ta défense ? Pourquoi tu crois que je suis ici ?

Anéantie, perdue, Nat pleure, se frottant la nuque et le bras endolori. Elle lui ordonne de partir.

— Pour sûr, que je m'en vais. Tu croyais quand même pas que j'allais te violer, hein ?

Puis il dit qu'elle le dégoûte. N'importe quelle bonne femme plutôt qu'elle. Une chèvre, une vache plutôt qu'elle. Avec ses airs de jeune femme distinguée, dit-il. Avec ses seins plats et sa tête d'empotée. Qu'elle aille le dénoncer si elle ose. Personne ne la croira, il n'y a pas de témoins. Si elle porte plainte, ses voisins en feront autant contre elle. Elle croyait quoi ? Que l'histoire du chien, c'était du passé ? Ils ont encore le temps, si l'envie leur prend. À elle de voir. Vaudrait mieux qu'elle la ramène pas trop.

Il caresse le rebord de la table avec deux doigts – l'annulaire et l'index collés, tendus – en la fixant droit dans les yeux. Ce contact reste en apesanteur après qu'il a franchi le seuil, même après qu'il a démarré sa Jeep, et plus tard encore, se coagulant dans l'air.

Nat n'appelle pas la police. Elle n'appelle personne. Elle s'assoit par terre et boit directement à la bouteille le whisky que Piter lui a apporté un jour. Elle cherche du répit dans l'étourdissement. Mais il l'a tellement secouée qu'elle a encore mal au cuir chevelu. Prise de spasmes, elle a les mains qui tremblent.

À son réveil, une douleur aiguë lui martèle la tête. La lumière du jour lui brûle les pupilles. Combien de temps a-t-elle dormi ? se demande-t-elle. Elle cligne des yeux très fort plusieurs fois, prenant conscience de la chambre, du moment et d'elle-même. Elle se lève, chancelante, se cognant contre les murs. Vu de l'extérieur, dans ce calme apparent, c'est comme si quelqu'un était en train de la filmer, elle, une figurante, une intruse, le rôle le plus insignifiant qu'elle pouvait se voir attribuer dans un monde fictif – un décor en plastique, en carton-pâte. Elle boit avec avidité, mais l'eau n'étanche pas sa soif. Elle parle tout haut pour adoucir sa voix rocailleuse. Elle tousse. Ça lui brûle la gorge. Il fait froid.

Elle enfile son manteau et sort. Le soleil, pourtant déjà haut, ne la réchauffe pas. Encore un trucage, se dit-elle. Un soleil peint, de pacotille. Le ciel se tend sur les contours du Glauco, le chemin s'ouvre devant elle, indiquant la direction qu'elle doit suivre.

La fourgonnette d'Andreas n'est pas à sa place, mais cette fois Nat ne se contente pas de regarder de loin. Elle s'approche et s'assoit par terre, à côté de la porte. Elle reste là plusieurs heures, sans se soucier que les autres puissent la voir, sans se soucier de ce qu'ils diront d'elle, des rumeurs qu'ils feront courir, des calomnies, des fautes qui lui seront imputées, et assurément sans se soucier le moins du monde de sa dignité – ou de ce qu'elle aurait appelé en d'autres temps dignité et qui n'est désormais qu'un mot insaisissable. Elle fait pipi sur place, entre deux buissons. Elle s'emmitoufle dans sa veste, s'allonge par terre comme elle peut, s'endort par moments.

Elle passe toute la journée là.

Juste avant la tombée de la nuit, le bruit du moteur la tire de sa somnolence. Elle aperçoit la fourgonnette, puis Andreas qui en descend. Elle se redresse, arrange ses cheveux. Il la regarde sans rien dire. Avec une sévérité manifeste. Elle a du mal à le reconnaître. Étaient-ils ainsi, ses yeux ? Et son corps ? N'était-il pas un peu plus grand, ou peut-être plus petit ? Voûté ainsi, et maigre ? Elle s'approche, pose la paume de sa main sur son torse, sans appuyer, à peine une caresse, une constatation. Sous le tissu, la peau d'Andreas dégage une douce chaleur, réelle, évidente. Cette température ne suffit pourtant pas à la sortir du décor, de la sensation d'irréalité.

— Qu'est-ce que tu fais là ?

— Je ne sais pas.

C'est vrai : elle ne sait pas.

Il l'observe avec curiosité. Son regard s'arrête sur les contusions qui marquent son cou. Peut-être devine-t-il quelque chose.

— T'as mauvaise mine, dit-il. Viens, entre.

La maison a conservé sa chaleur et son odeur de bois. Nat s'assoit sur le canapé et regarde autour d'elle, dans une demi-pénombre, s'enfonçant dans ce mélange confus de reconnaissance et d'étrangeté. Li s'approche d'elle en ronronnant, se frotte contre sa jambe. À présent, ils sont tous les deux décontenancés : Nat ignore quel est le prochain pas qu'elle doit faire et Andreas attend clairement quelque chose d'elle, une parole ou un geste, car pourquoi serait-elle là sinon ?

Mais il est évident que Nat n'a rien à lui dire. Elle l'observe attentivement, tel un inconnu, tandis qu'il sort un paquet de cigarettes de sa poche, en allume une, fume en silence. Qui est cet homme ? Pourquoi est-elle restée devant sa porte des heures durant, à l'attendre ? Quel sens cela avait-il, alors que l'envahit à présent une froideur paralysante ?

Il y a quelques mois, il lui a demandé s'il pouvait rester un moment en elle. Aujourd'hui, c'est un peu elle qui le lui demande, quoique d'une autre manière. Elle est face à l'homme qui a embrasé une part d'elle immense et inconnue, labyrinthique et insatiable, mais elle ne ressent rien. Un message avait tournoyé dans les yeux d'Andreas, qu'elle avait interprété comme l'accès à un pouvoir ou à des connaissances inaccessibles aux autres. Mais ce message s'était volatilisé.

Peut-être s'était-elle laissé griser par cet égoïsme qui consiste à s'approprier davantage que la juste part. Peut-être était-elle en effet une ingrate. Elle avait accédé à Dieu et ça ne lui avait pas suffi.

Andreas rompt le silence. Tranquillement, sans passion. Il est au courant de tout ce qui lui est arrivé dernièrement. Tout ? demande Nat. Oui, tout. Mais elle va vite surmonter ça, assure-t-il. Elle ne devrait pas se torturer avec ce que les gens disent d'elle. Dans ses mots, Nat sent tout le poids de la distance.

— Tu sais quoi ? J'ai dû aller à Cardenas récemment. Il y avait des policiers armés dans les rues. Toute la ville bouclée, des hélicoptères tournant dans le ciel. Ils attendaient la visite d'un type important, un Premier ministre, je crois, un chef d'État ou un truc dans le genre, pour un sommet international de je ne sais quoi. Je n'ai pas bien compris, je suis parti dès que j'ai pu. L'enfer.

Nat ne réagit pas. Elle n'arrive pas à comprendre de quoi parle Andreas. À quoi fait-il référence ? Essaie-t-il de la consoler ou de l'avertir d'un danger ? Y a-t-il un message caché dans ses paroles ? Ou tente-t-il simplement de la distraire ? Il a l'air irréel, comme si une autre personne parlait pour lui ou à travers lui.

En vérité, il a l'air grotesque, gauche, ignorant, exactement comme elle le percevait au début, quand elle le voyait de loin et qu'il n'était qu'un fragment du paysage, rien de plus. L'Allemand, un homme quelconque, comme n'importe quel autre. Et elle s'était obstinée à le traduire, à l'amener sur son territoire. Quelle prétention absurde, se dit-elle. Ce serait drôle si ce n'était ridicule.

— Qu'est-ce qui te fait rire, maintenant ? demande-t-il, surpris. Y a pas moyen de te comprendre, toi.

Pendant quelque temps, elle envisage de rester. Mais il y a en elle un élan contraire qui fait contrepoids, celui de s'en aller. Il n'y a rien à débattre. Elle ne cherche à contredire personne, ni à se distinguer. Mais elle veut aller au bout de ce qu'elle a commencé et qu'elle a laissé inachevé, ne pas s'avouer vaincue. La traduction des pièces de théâtre, par exemple. Et bien d'autres choses encore.

Finalement, elle décide d'aller vivre dans un autre village proche de là. Elle loue une très ancienne maison pour moins cher que ce que lui demandait le propriétaire de La Escapa. Elle récure les sols, nettoie le fourneau dans la cuisine, balaie et ratisse, vernit les vieux bois, frotte les carreaux de faïence au grattoir, taille les branches mortes : cette répétition des tâches dans un lieu nouveau, elle ne l'interprète pas comme une stagnation, mais comme un progrès. Piter passe lui rendre visite de temps en temps, lui apporte des cadeaux, se montre aussi attentionné qu'au début, si ce n'est plus. Ses attentions ne la gênent plus. Tous les deux, se dit-elle, ils se ressemblent davantage qu'elle ne le croyait. Au moins, Piter parle.

Elle se sent invulnérable, au-delà des jugements, mais son immunité vient du fait qu'elle est sortie du temps dans lequel elle vivait, comme si, gravissant une échelle interminable, elle était tombée dans le vide à cause d'un barreau cassé, tandis que le reste du monde continuait à monter sans rien remarquer.

Quand elle pense à Andreas, quelque chose s'agite encore dans ses entrailles, comme un ressac. Souvent, elle ferme les yeux et s'accroche à l'image de ses mains parcourant ses flancs. Le contact de ses doigts la première fois, sur sa taille. Le tee-shirt qui accentuait la nudité du reste. L'obscurité soulignant les reliefs de leurs corps. Le tintement des gouttes de pluie rebondissant sur la tôle. Elle pense qu'un seul instant – cet instant-là, par exemple – peut suffire à justifier une vie tout entière : il y a des gens qui n'ont même pas eu ça. Mais d'autres souvenirs ont déjà perdu de leur valeur. Elle les écarte l'un après l'autre, jusqu'à ne plus conserver que ce premier jour.

Sa mémoire s'est réduite. Sa mémoire, à présent, est si petite qu'elle tient dans le creux de sa main. Les reliques sentimentales, se dit-elle, ne méritent pas l'éternité.

Un jour, elle prend sa voiture et retourne à La Escapa pour gravir le Glauco. Elle se gare sur le belvédère où Andreas avait laissé sa fourgonnette quand il l'avait amenée ici. Elle suit exactement le chemin qu'ils avaient parcouru alors, pas pour retrouver les mêmes sensations, mais au contraire pour les effacer et en écrire de nouvelles par-dessus.

Assise sur un rocher, elle admire le paysage terni et voilé par les nuages, les couleurs diluées et mélangées. Elle respire lentement. L'air froid, presque piquant, lui dégage les sinus. Sans y avoir réfléchi, elle esquisse d'intimes adieux.

Elle sent un chatouillement sur la main, une fourmi. Elle découvre une colonne progressant sur le rocher où elle s'est assise, une colonne disciplinée, mis à part le spécimen qui grimpe sur sa main : la rebelle, la séditieuse.

Elle observe attentivement les fourmis. Elle a du mal à concilier l'amplitude du point de vue depuis le sommet et cet univers si réduit : l'immense et le petit, ensemble, sur le même plan mental.

Elle accède à une certaine forme de paix, une révélation. Et subitement le vol qu'elle a commis par le passé prend tout son sens. Maintenant, elle peut le déchiffrer.

Elle comprend qu'on n'atteint pas sa cible en visant, mais avec insouciance, à travers des oscillations et des détours, presque par hasard.

Elle voit clairement que tout menait à cet instant. Y compris ce qui semblait ne mener nulle part.

Cet ouvrage a été achevé d'imprimer sur Roto-Page
par l'Imprimerie Floch à Mayenne
pour le compte des éditions Grasset
en avril 2022.

Mise en pages
PCA 44400 Rezé

PAPIER À BASE DE
FIBRES CERTIFIÉES

Grasset s'engage pour
l'environnement en réduisant
l'empreinte carbone de ses livres.
Celle de cet exemplaire est de :
500 g éq. CO_2
Rendez-vous sur
www.grasset-durable.fr

N° d'édition : 22453 – N° d'impression : 100251
Dépôt légal : mai 2022
Imprimé en France